マイ・フェア・ハニー

Ritsuka & Akifumi

来栖ゆき

Yuki Kurusu

エタニティ文庫

目次

マイ・フェア・ハニー

プロローグ

『兄』というものは、意地悪で横暴《おうぼう》で身勝手で、理不尽なことこの上ない。

片倉律花《かたくらりつか》は、兄とはそういうものだと思っていた。


その日、十四歳の律花は、制服のプリーツスカートが風でめくれ上がるのも気に留めず、全力で走っていた。

時折込み上げてくる涙を手の甲で拭《ぬぐ》いながら、それでもスピードを緩《ゆる》めず走り続ける。

やがて自宅に着くと、玄関のドアを乱暴に開けた。靴《くつ》を脱ぎ、鞄《かばん》を投げ捨てるように玄関に置いて、そのままの勢いでリビングに駆け込む。

「お兄ちゃん、酷《ひど》い！」

そして、ソファーに寝そべりながら漫画雑誌を読んでいた兄の正義《まさよし》に、険《けわ》しい声を浴びせた。正義は切れ長の目を律花に向け、面倒くさそうに体を起こす。短く切り揃《そろ》えられた髪の色は、律花と同じ黒だ。

「なんてことしてくれたのよ！　先輩、私と別れるって言ってるのよ！」

「へぇえ。そりゃご愁傷様《しゅうしょうさま》だな」

「他人事《ひとごと》みたいに言わないで。またお兄ちゃんが何かしたんでしょ！」

兄に恋路の邪魔をされたのはこれで何度目だろうかと考えながら、律花は正義に詰め寄った。

「今日学校に来てたんだよね？　先輩とお兄ちゃんが校舎の裏で話してるの見たって、友達が言ってた。先輩に何言ったのよ！」

すると、正義はばつが悪そうに視線を泳がせた。だがすぐに、開き直ったように腕を組んで律花を見返す。

「……お前はまだ中二だろうが。彼氏を作るなんて、早いんだよ」

やっぱり先輩に何か言ったんだ！　律花の頭にかあっと血が上る。

律花と正義は六歳離れた二人兄妹《きょうだい》。俺様気質な正義は、律花に対して威張《いば》ってばかりで、何でも勝手に決めてしまう。まさに唯我独尊《ゆいがどくそん》、傍若無人《ぼうじゃくぶじん》。

そのうえ、ちょっと——いや、かなりのシスコンなのだ。普段は適当でズボラなくせに、律花に対しては異常なほどの心配性ぶりを発揮する。

そして今、正義が一番心配しているのは、律花の恋愛関係らしい。

中学生にもなれば、大抵の女の子は恋をしてみたいと思うようになるだろう。律花もそうだった。漫画やドラマの影響で恋に憧れ、夢見ているうちに、いつか自分も……と考えるようになった。

しかし、律花に好きな男の子ができて、付き合うことになると――必ず正義が邪魔をして別れさせるのだった。

「同級生のナギサちゃんには三年生の彼氏がいるのに、何で私には早いのよ！」

律花が憤慨《ふんがい》して言うと、正義はしれっとして言い返す。

「ウチはウチ、ヨソはヨソ。今のお前に彼氏は必要ない。いいか、お前くらいの年頃の男はな、頭の中がエロいことでいっぱいなんだ。そこにお前が求める愛なんて、微塵《みじん》もない。即ヤられてポイに決まってる」

「や、や、やるって……そんなこと考えてるのはお兄ちゃんくらいでしょ！」

律花は顔を真っ赤にしながら言い返した。その時、背後で誰かがぷっと噴き出す。振り返ると、リビングの入口に兄の友人、望月彰文《もちづきあきふみ》が立っていた。

二重瞼《ふたえまぶた》にすっと通った鼻筋。少したれた目元を優しげに細めている。正義とは真逆の雰囲気の彼が、律花に優しく笑いかけた。

「彰文くん！」

正義との会話を聞かれたのが恥《は》ずかしくて、律花は思わず怒ったような口調で彼の名を呼んだ。

「ああ、ごめん。おかしくて……つい」

彰文は正義の小学校の同級生で、中学から大学まで同じ。腐《くさ》れ縁《えん》というやつで、今でも仲が良い。律花も昔から彼のことを知っていた。

家が近いせいか、彰文はしょっちゅう律花と正義の家に出入りしている。幼い頃よく一緒に遊んでくれた彰文は、律花にとってもうひとりの兄のような存在だった。

「ねえ、彰文くんもお兄ちゃんに何か言ってやってよ！」

律花がそう言うと、彰文は気まずそうに答える。

「ああ、うん。ごめんね、一応止めたんだけど……」

「ばか言え。あいつの胸ぐら掴《つか》んだのは俺だけど、その後散々脅《おど》したのはコイツだぞ」

正義の言葉に、彰文は一瞬だけ顔色を変えた。

「ど、どういうことよ！　二人して先輩に何したの⁉」

「え、ああ、えっと……確かに少し話はしたけど、でもそれくらいで壊れちゃう関係は、本物じゃないんじゃないかな」

彰文が予想外の言葉を口にする。

「はあ？」

律花の怒りの矛先《ほこさき》が変わったのを感じとったのか、正義は逃げるようにその場を去った。それを見送ると、彰文は小さく息を吐《は》き、律花の目線に合わせて少し前かがみになる。光の加減で茶色く見える髪がさらりと揺れた。

「……いいかい、その先輩とりっちゃんは、縁《えにし》の繋《つな》がりがなかっただけなんだ」

「……エニシ？」

意味がわからずじっと見つめ返すと、彰文は「ちょっと難しかったかな」と言って笑った。

「『運命の赤い糸』って聞いたことあるだろう？　りっちゃんの小指には目に見えない糸が結んであって、それがどこかの誰かと繋がってる。この世でたったひとりだけね。その人となら、いくら正義が邪魔しても、決して縁《えん》が切れることはないんだ」

運命の赤い糸……確か、ちょっと前に見た映画に、そんな話が出てきた気がする。

「その人と出会えば、私も恋ができるってこと？」

そう答えた律花に、彰文はにっこりと笑い頷《うなず》いた。

運命の人――いつか自分にもそんな人が現れる。そう思うと、律花は恋愛に対して前向きな気持ちになれた。

「……うん、わかった。私、赤い糸で繋がってる男の人を絶対に見つけるわ。ありがとう彰文くん、頑張るね！」

「そうか。俺も応援するよ」

よしよしと撫《な》でてくれる彰文の手の温かさは、昔とちっとも変わっていない。一緒にいる、もうひとりの兄のような存在。

自己中で俺様な正義よりも、彰文のほうが優しくて頼り甲斐《がい》があって、物知りで何でも教えてくれて——何度、彰文が本当の兄だったらいいのに、と思ったことか。

それから数年後。

彰文は、地元の大学を卒業すると同時に家を出てしまい、それきり会うことはなかった。

彼は今、どこでどうしているのだろう。

時々彰文のことを思い出しながらも、律花は運命の赤い糸で結ばれているはずの男性を探し続けた。正義に邪魔をされても、決して諦《あきら》めることなく、次の恋を探した。

高校でも、大学でも。そして、現在《いま》も——

1

「片倉さんって料理得意なんだって？　お昼に食べてるお弁当がすごく美味《おい》しそうだって噂聞いたよ」

「あ、やだ。そんなことないんですよ。夕飯の残り物を詰めてるだけの手抜き弁当なんです。お料理が好きなので、いつも作りすぎちゃって……」

夜道を走る車の中。律花は膝《ひざ》の上に置いたショルダーバッグの肩紐《かたひも》を弄《いじ》りながら、控《ひか》えめに答えた。茶色に染めたミディアムヘアの毛先を軽やかに揺らし、運転中の彼をちらりと覗《のぞ》き見る。

「いいなあ、料理好きの子って。家庭的で素敵だよね」

「えっ、そ、そうですか？」

「うん、かわいくて料理もできるなんて最高だよ。俺の好みのタイプ」

予想外の褒《ほ》め言葉に律花は舞い上がった。もしかして、ついに今夜、彼氏ができるのでは――

緩《ゆる》みそうになる口元を引き締めながら、横を盗み見る。ハンドルを握るのは、同じ会社の営業部の桜井《さくらい》だ。彼は、先月、関西支社から東京本社勤務になった。律花より四歳年上の二十七歳で、なかなかのイケメン。華奢《きゃしゃ》で少し頼りない雰囲気があるものの、勤務態度は真面目で、お酒も飲まない。

趣味はドライブと海外旅行。ちなみにこれは、ついさっき得た情報だ。運転している車は左ハンドルの高級車だから、もしかしたら家はお金持ちなのかもしれない。

とある商社の経理部に所属している律花と、営業部の桜井はもともと接点がなかったのだが、今日の飲み会で初めて話してすぐに意気投合した。そして彼は、二次会不参加の律花を家まで送ると申し出てくれたのだ。

道順を説明していると、車が道を逸《そ》れる。律花が違うと指摘すると、桜井はにっこり笑って「遠回りしよう」と言った。

これは仲良くなるチャンスなのかもしれない。律花は、窓の外の景色を見るふりをして、こっそりとスマートフォンの電源を落とした。絶対に、誰にも邪魔をされたくなかったから。

「得意な料理ってある？」

桜井からの急な質問にはっとして顔を上げ、律花は最初に思い浮かんだ料理名を答えた。

「オムライスでしょうか。ただ、和食でも洋食でも何でも作れますよ」

「あ、じゃあロールキャベツは作れる？　昔よく食べたんだけど。もしよかったら今度作ってほしいな」

「もちろんです！　あ、でもどうやって会社に持っていこうかな……」

首を傾《かし》げて考えていると、桜井がくすりと笑う。

「会社じゃなくて僕の家に来て作るっていうのはどう？」

「桜井さんの家、ですか？　……ええっ」

その意味を理解し、桜井の横顔をまじまじと見つめる。冗談を言っているようには見えない。

「もちろん無理にとは言わないけど」

「いえ、私でよければ作りに行きます！　行かせてください！」

力強く言うと、彼はちらりと律花を見て笑った。

車は間もなく律花の住むマンションに到着しようとしている。

律花が住んでいるのは、十五階建ての白壁のマンション。最寄り駅から徒歩五分だ。ファミリー向けで、敷地内にある広場には遊具もあり、休日は子供たちの楽しそうな声が響く。

表の扉はオートロックで、入口や駐車場には防犯カメラ付き。もちろん管理人も常駐《じょうちゅう》しているので、よっぽどのことがない限り犯罪には巻き込まれない――らしい。

就職が決まって上京した一年半前から、律花はこのマンションに住んでいた。立地が良いので家賃も高いのだが、ここを選んだのも、家賃を支払っているのも、実は律花ではない。

桜井はマンションのエントランスに車を止めると、きょろきょろと辺りを見回した。何か珍しい物でもあるのだろうかと不思議に思いつつ、律花は居住《いず》まいを正す。

「わざわざ送ってくださって、ありがとうございました」

「これくらいわけないさ」

まだ別れたくなくて、律花はゆっくりとした動作でシートベルトを外しながら、それとなく会話を引き延ばす。

「でも、家は逆方向なんですよね？　何だか申し訳なくて。今度、お礼させてくださいね」

バッグを肩にかけ直して顔を上げる。すると、桜井もシートベルトを外して、律花のほうに顔を向けた。

「じゃあさ、今お礼くれる？」

「今ですか？　でも私、何も持ってないんですけど……」

「そうじゃなくてさ」

桜井は助手席のシートに手を添えて身を乗り出した。

間近で見つめられ、トクン、と心臓が跳ねる。ふわりと手が頬《ほお》に触れ、次第に桜井の顔が近づいてきた。

まさか、これは……キス?

意識してしまうとどうしていいのかわからない。黙って彼を見返しながら、内心慌《あわ》てていた。

桜井が目を閉じたのを見て、律花もぎゅっと目を閉じ息を止める。

コンコン、と窓ガラスを叩く音が聞こえたのは、その時だった。

固く閉じた目をゆっくり開くと、運転席の外に誰かが立っているのが見えた。車高が低いせいで顔は見えないが、男だということはわかる。その男はイライラしたようにもう一度窓を叩いた。今度は少し力が強い。

いいところだったのに邪魔が入ってしまった。がっかりしつつもどこかほっとしたような複雑な心境で、律花は窓のほうを見た。マンションからの明かりで、男が黒いシャツに黒のスウェットパンツという格好であることがわかる。

「……え?」

ふと、その服装に既視感《きしかん》を覚え、律花は男の顔を確認しようと頭を下げた。

「すみません、車、邪魔でしたか? 今、移動しますので——」

桜井が詫《わ》びながら窓を開ける。その時、律花は男の正体に気づいた。

「待って！　開けちゃダメ！」

しかし遅かった。律花の制止は間に合わず、桜井が窓を全開にしてしまう。

「お前、何やってんだ⁉」

窓の外から聞こえてきた聞き覚えのある怒鳴り声に、律花は戦慄《せんりつ》を覚えた。

同時に男の腕が伸びてきて、桜井の胸ぐらをシャツごと掴《つか》み、引く。

「うわっ、な、何ですか急に！」

「だから俺の律花に何やってんだって聞いてんだよ！」

「俺の？　え……」

胸ぐらを掴まれながら、桜井は首だけで律花を振り返った。

「ち、違うんです！　この人は——もう、お兄ちゃん暴力はやめてよ！　手離して！」

そう、そこに立っていたのは、律花の兄、正義だった。

短い髪をツンツンに逆立たせ、顔はまるで般若《はんにゃ》の面を付けたように恐ろしげだ。桜井を睨《にら》みつけながら、ネクタイごと彼の首を絞めつけている。

転がるように車から降りた律花は、正義の腕を引っ張って桜井から引き離そうとした。

そのはずみで桜井の体がドアに押しつけられ、「ぐえっ」と声が漏《も》れる。

「わあ、ごめんなさい桜井さん！」

律花の姿を確認して安堵《あんど》したのか、正義の手からやっと力が抜けた。

「無事か、律花？」

「無事かって、ただ車で送ってもらっただけよ！　なのに誘拐されたみたいに言わないで！」

「帰りが遅いから心配してたんだぞ」

「まだ十時じゃない！」

二人の言い合いを、桜井は唖然《あぜん》とした様子で聞いていた。

「……えっと、お兄さん？　片倉さんの？」

律花と正義を交互に見比べ、掠《かす》れた声で呟《つぶや》く桜井に、律花は申し訳なく思いながら言う。

「はい、あの……ごめんなさい。これ、兄なんです。ちょっと心配性で……」

「そ、そうなんだ」

桜井は呆気《あっけ》に取られたようだったが、車から降りて外へ出た。引っ張られてくしゃくしゃになったネクタイとシャツを直すと、礼儀正しく直立し、右手を差し出す。

「あ、あの、初めまして――」

「うちの大事な妹をこんな時間まで引っ張り回して、その第一声がハジメマシテ、だあ？」

正義は車の天井をガンと拳《こぶし》で叩き、怒りを爆発させた。

「やだ、何やってんの！」

桜井の車は高級車だ。ひやひやしながら律花は正義の腕を引いたが、びくともしない。

「しかも落ち着きなく辺りを見回してたな。何を企《たくら》んでやがった？」

「べ、別に企んでなんて――」

正義の様子にたじろいた桜井が一歩後退すると、正義はすぐに間合いを詰めた。身長百八十センチの大柄な体躯《たいく》に気圧《けお》されて、桜井の顔から少しずつ血の気が引いていく。

「じゃあ、律花に顔を近づけて何をしようとしてたんだ？　人目がないのをいいことに、俺の律花を手籠《てご》めにしようとしてたんじゃねえのか？　ああ⁉」

「もう！　桜井さんはここまで送ってくれただけだってば！」

「帰るって連絡から、もう一時間だぞ？　お前のいた飲み屋からここまでなら車で三十分とかからない。それを倍の時間かけて――下心があったんだろうが！　違うかコラ！」

言いながら、正義が拳を振り上げる。

「……や、えっと、ありました、すみません！　もうしませんから、許してっ！」

桜井は首を竦《すく》ませ、両腕で顔を覆《おお》う。

「だったらとっとと俺の前から消えろ、クズ！」

その言葉を聞き、桜井は脱兎《だっと》のごとく車に飛び乗った。

「あ、桜井さん、送ってくれて――」

桜井はそのままアクセルを踏み込んだ。地面とタイヤがこすれる嫌な音が周囲に響く。ありがとう、と続いた律花の声はその音に掻《か》き消されてしまった。桜井の耳には届かなかっただろう。

「嘘でしょ……そんなあ……」

終わった。まだ何も始まっていなかったけれど……

小さくなっていくテールライトを見つめながら、律花はがっくりと肩を落とした。

正義にデートの邪魔をされたのは、これで二十九回目だ。

昔から心配性だった兄は、飽きもせず律花のデートをことごとく邪魔し続けていた。それは律花が成人しても変わらない。

兄の心配性は病的なほどで、律花が就職を機に実家を出てひとり暮らしをしようとすると、都会は危険だらけだと両親に訴え、都内の大手通信会社で営業マンとして働いている自分と一緒に暮らすべきだと主張した。

そしてひとり暮らしをしていたワンルームマンションをさっさと解約したかと思えば、勝手にファミリー向けのマンションを契約したのだ。

結局、律花は強制的に兄と同居させられることになってしまった。

それからというもの、正義は何かにつけて律花の生活に首をつっこんでくる。

休日にショッピングへ出かけようとすればナンパを未然に防ぐためと言ってついてくるし、遅くまで残業していると、わざわざ会社まで迎えに来たりする。けれどこれはまだマシなほう。

飲み会があれば一時間おきに電話がかかってくるし、内緒で合コンに参加した時なんて、その場に乱入した正義に連れ戻された。

心配してくれるのは嬉しいのだけれども、行き過ぎた行動がかなり目立つ。

昔はこんなんじゃなかった気がするんだけどな……

ふと思い出すのは、虫捕り網を持って駆ける正義のうしろ姿。律花は遊びに行く正義の後をいつも追っていた。ずいぶん昔の記憶だけれども、あれはいくつの頃だっただろうか。

いつの間にか、律花が追いかけなくても、正義は常に近くにいるようになった。まとわりついて離れず、ウザいことこの上ない。

「はあ……」

しばらく夜の闇を呆然《ぼうぜん》と見つめていた律花は、ため息を吐《つ》いた。

「ったく何だあの男は⁉　律花、お前いつから付き合ってる？」

「まだ付き合ってなかったわよ！　せっかくいい雰囲気だったのに、邪魔したのは誰⁉」

「ああ、そうか……それは残念だったな」

見るからにほっとしている正義に、律花はイライラを募《つの》らせる。

「お兄ちゃんのばか！」

歩調も荒くマンションの入口に向かう律花の後を、正義が大股でついてきた。

「あの男はやめたほうがいい。若造のくせに高級車を乗り回す奴にロクな奴はいない。どうせ親に買ってもらった車だろう。俺みたく自分で買えっつーの。あんなのと結婚したら苦労するのは律花だぞ。マザコンのひとり息子なんか、嫁姑《よめしゅうとめ》問題に発展したらどうする？　アイツは嫁を放って姑の味方に付くぞ」

「桜井さんがひとり息子かどうかもわからないでしょ！」

律花はエレベーターのボタンを叩くように押して、正義を振り返った。

「すっごく優しくて、大人で、とってもいい人だったんだから！」

「フン、アイツは見た目からしてマザコンのひとり息子だよ。いいか律花、お前に見合ういい男は他にいる！　自分を安売りするな」

「またそれ？　お兄ちゃんが認めるいい男なんて、世界中のどこを探したって見つかりっこないから！」

いつも、そう。この超絶ウザ兄・正義は、毎度毎度、律花の男友達や恋人候補を値踏《ねぶ》みしては、脅《おど》して追い払ってしまうのだ。

デートの邪魔は彼の十八番《おはこ》。なぜか鼻が利《き》くらしく、律花に好きな人ができて、デートでいい雰囲気になった途端《とたん》にひょっこり現れる。

正義に邪魔をされ続けたせいで、今まで一週間以上続いた彼氏はいない。当然キスも、その先の経験だってない。兄の存在は、いつか運命の人に巡《めぐ》り会うための試練なのだと前向きに考えるようにしていたけれど、その試練を一度も乗り越えたことがなかった。

エレベーターが到着し、二人は乗り込む。律花は、またも叩くように五階のボタンを押した。

律花が正義をじっと睨《にら》んでいると、彼は先程《さきほど》とは打って変わり、穏やかな口調で諭《さと》すように話し始めた。

「いいか律花。いつかきっと、お前のためなら全てを捨ててもいいという男が現れるから――」

「いつかっていつよ！　っていうか、そのチャンスを全てダメにしてるの、お兄ちゃんじゃない！」

恋愛に憧れる純粋な想いは、いつしか兄への対抗心にとって変わり、もう何が何でも彼氏を作ってやるという心境になりつつあった。

「いい加減、妹離れしてよ！　私、もう二十三歳なんだよ！」

「何言ってるんだ、まだ二十三歳じゃないか。心配して何が悪い。都会は危険でいっぱいなんだぞ?」

危険なのは正義の思考回路だ。

エレベーターが五階に止まると、律花は扉が完全に開く前に降りた。その後を正義が追う。

「それより、スマホはどうした? 何度も電話をかけてるのにずっと留守電じゃないか。帰るってメールがあったきり音信不通で……お兄ちゃん、律花のことが心配で心配で、マンションの外で待ってたんだからな」

電源切ってたんだってば!

律花が無言でスマートフォンの電源を入れると、着信履歴が十数件も届いていた。それらは全て正義からのもの。最後のほうは三分おきになっている。ほんの一時間電源を切っていただけで、これだ。

律花はまた、はあ、と盛大なため息を吐《つ》いた。

「お風呂、先に入るからね」

玄関の扉を開けてパンプスを脱ぎ捨て、振り返らずに言う。

リビングに入ると、電気とテレビが付けっぱなしになっており、夜のニュースが静かに流れていた。2LDKのフロアには、十五畳のリビングと、使い勝手のいい対面式のキッチンがある。食事用のテーブルセットは椅子《いす》が四脚《きゃく》。テレビを囲むように設置してあるカウチソファーもガラス製のローテーブルも、全て正義が用意したものだった。

「……律花、その前に大事な話があるんだ」

自室のドアを開けて電気をつけた時、正義が静かな声で切り出した。

「話って何よ⁉」

語尾も荒く振り返ると、正義は眉間《みけん》に皺《しわ》を寄せ深刻な表情で俯《うつむ》いた。こんな兄は今まで見たことがない。

「……お兄ちゃん？」

悪い話なのだろうか。怒りを忘れて、正義の顔をじっと見上げ続きを待つ。

数秒ののち、正義は決心したように顔を上げた。

「……実はな、お兄ちゃん……来月からアメリカに転勤になったんだ」

「えっ、アメリカ？　転勤？」

ってことは、日本からいなくなるってこと？

深刻な顔をしている正義をまじまじと見つめながら、律花はその言葉を頭の中で何度も反芻《はんすう》した。

転勤の話を聞いてからの一ヶ月は、あっという間に過ぎていった。そしてとうとう明日、正義は遠い異国の地へと旅立つ。律花はこの日を指折り数えて待ち続けていた。

「早く明日になんないかなぁ」

リビングの隅《すみ》に用意してあるスーツケースを眺《なが》めながら、律花は紅茶を飲み干した。

土曜日の午前十時。いつもなら惰眠《だみん》を貪《むさぼ》っているはずの時間に目が覚めてしまった律花は、日課の掃除や洗濯を終わらせ、ホームベーカリーからパンが焼き上がるのを待っていた。

ソファーに足を投げ出し、ファッション雑誌をパラパラとめくっていると、背後で扉の開く音が聞こえる。

「あら、おはようお兄ちゃん！」

振り返ると、正義はトランクス一枚という姿だった。眠そうな顔でフラフラと歩き、冷蔵庫から二リットルのお茶のペットボトルを出してそのまま口を付ける。

いつもの律花であれば、シャツを着てと叫び、コップを使えと怒るのだけど、今日だけは大目に見てあげることにした。

だって、この光景も今日で見納めなのだから。

「もうすぐパンが焼けるけど食べる？　それともコーヒー淹《い》れようか」

機嫌よく尋《たず》ねたちょうどその時、パンが焼き上がったことを知らせるアラームが鳴った。ソファーから立ち上がり、両手にミトンを付けてパンを取り出す律花を見て、正義は重たい息を吐《は》く。

「律花、お兄ちゃんは明日アメリカに行くっていうのに……寂しくないのか?」

「えー寂しいよ? 夕飯もひとりだし、家に帰ってきても誰もいないんだもん。すっごく寂しいー」

そう言いつつも、どうしても顔はにやけてしまう。明日から律花はひとり暮らしになる。自由を満喫《まんきつ》できるのだ。

「そんなことより、荷物の準備は大丈夫なの? 空港までの電車の時間はちゃんと調べた?」

「ん、ああ、問題ない。お前も来るだろ?」

空港まで見送るのは当然だと言いたげな正義を見て、律花は眉間《みけん》に皺《しわ》を寄せた。

……まあ、それくらいはいいか。

そんなことを考えていると、正義が突然ベランダに出て階下《かいか》を見下ろした。外の騒音が耳に入る。どうやらトラックから荷物を降ろしているところらしく、大声で指示している声が聞こえた。

「そうそう、朝からやけに騒がしいと思ったら、隣に誰か越してきたみたい。ずっと空《あ》き部屋だったよね」

「……やっと来たか」

正義はぽつりと呟《つぶや》くと、部屋に戻りTシャツとジーンズに着替えて出てきた。その時、インターホンが鳴った。

対応を正義に任せ、律花は焼き上がったパンに慎重にナイフを入れた。

「やっぱりレシピよりもイーストを多めに入れるといいのかな」

パンの出来に満足しながら焼きたてを頬張《ほおば》ってみる。中は熱々なうえに、しっとりしていて美味《おい》しい。見た目も味も最高だ。

今度はクロワッサンでも作ってみようかしら、と思案していると、やっと正義がリビングに戻ってきた。しかも、誰かを連れて。

正義と並んで立っている長身の男性は、律花に気づいてにっこり笑みを浮かべた。

「こんにちは」

「え、あ、どうもこんにちは……」

つられて挨拶《あいさつ》を返しながら、彼をまじまじと見返す。

焦げ茶色のさらさらの髪。二重瞼《ふたえまぶた》に少し目じりの下がった目元。そして優しそうな笑顔。

その瞬間、昔の記憶がよみがえってくる。

「え、彰文くん？　嘘、本当に？」

ぱたぱたと駆け寄り、間近で見つめる。

「……わあ、本当に彰文くんだ！　すっごく久し振りだね！」

「そうだね。でも俺はあんまり久し振りって感じがしないな。正義と会う度に色々と話を聞いてたからかな」

「はあ？　話って……どういうことお兄ちゃん！」

ギロリと睨《にら》むと、正義は肩を竦《すく》めた。

「彰文と飲んだ時に、ちょっと世間話しただけだよ」

「ちょっと……？」

まったく、何を言われてるかわかったもんじゃない。

「仕事は頑張ってる？　こっちの満員電車は大変でしょ？」

彰文は律花を満面の笑みで見つめながら言った。

「そうね。でも、まずは朝、遅刻しないようにちゃんと起きることが試練かな」

「そうか、りっちゃんは朝が苦手だったね」

彰文は、小さい頃からずっと律花のことを「りっちゃん」と呼ぶ。懐かしさに思わず頬《ほお》が緩《ゆる》んだ。

近くでよく見ると、彼は最後に会った時よりも髪が短くなっていた。それに、こんなに背が高かっただろうか。こんなに肩幅が広かっただろうか。言葉にはできないけれど、どこか違和感を覚えてしまう。

何が違うのだろうと彰文をじっと見つめ、ようやく気づく。

「そっか……彰文くん、大人になったねえ」

律花の記憶の中の彰文は、大学を卒業したての、今の律花と同じくらいの歳の青年だった。しかし、七年も経《た》てば当然変わっている。

「何それ、親戚のおばちゃんみたいなこと急に言わないでよ」

彰文がくすくすと笑い出す。

暖かい春の日差しのような、夏の朝のさわやかな風のような、そんな優しい笑顔だけは変わっていなかった。

それが無性に嬉しくて、律花も一緒になって笑った。

「それで彰文くん、今日はどうしたの？」

彼は正義と同じジーンズにTシャツというラフな服装で、なぜか肩にスポーツタオルをかけ、軍手まで持っていた。まるで引っ越し業者みたいだ。

「あ、もしかして隣に引っ越してくる人の手伝い？　彰文くん、引っ越し屋さんになったの？」

「違うよ。仕事はずっとプログラマーだよ」

昔からパソコンが得意だった彰文は、それを活《い》かしてソフトウエア開発の仕事をしている。

「じゃあ、どうしてそんな格好してるの？」

律花が首を傾《かし》げると、横からパンを摘《つ》まみつつ正義が口を挟んできた。

「彰文が隣に越して来たんだよ」

「え、そうなの？」

でも、どうして？

「ほら律花も手伝え。家具は重いから運ばなくていいけど、段ボールから荷物を出すくらいはできるだろ？　あと昼食の用意も頼むぞ。夜は焼肉店に連れてってやるから、それまでちゃっちゃと働けよ」

正義が偉そうに命令する。

「はあ？　ちょっと待ってよ！」

外に出ようとする正義の背中に向かって叫ぶ。律花は嫌な予感がした。

「な、何で……」

混乱する律花に、彰文が言った。

「ごめんね、本当はもっと早く来る予定だったんだけど、仕事が立て込んでて」

「おら、早くしねーと日が暮れるぞ！」

正義が彰文を急《せ》かすので、それ以上の詳しい理由は聞けなかった。

「どうして……？　明日お兄ちゃんがアメリカに行くのと関係……あるはずない、よね？」

嫌な予感が的中したとわかったのは、片づけの作業をほぼ終えて、焼肉店に入った時だった。

そこで律花は衝撃の真相を知らされた。

「はあ？　彰文くんが、明日からお兄ちゃんの代わり⁉」

「そうだ。かわいい妹をひとり残していくのは心配だからな。変な男に引っかからないようにちゃんと守ってくれよ、彰文！」

「任せてくれ。ってことで、明日からよろしくね、りっちゃん」

「う、嘘でしょ……」

彰文は、正義がアメリカにいる間中、彼の代わりに律花を見守るため——いや、正確には見張るために隣に引っ越してきたのだという。つまり律花のお目付役《めつけやく》ということだ。

自由を手に入れられると思っていたのに、正義はちゃっかり自分の代わりを用意していた。

悠々《ゆうゆう》と肉をひっくり返している彰文を愕然《がくぜん》とした思いで見ていると、彼はそれに気づいてにっこりと微笑《ほほえ》んだ。

「はい、カルビ焼けたよ。これ食べたかった？　取らないから安心して」

何を勘違いしたのか、彰文はいい塩梅《あんばい》に焼けた肉を律花の皿に載せた。

「ちょっと待て、それ俺がずっと狙ってたやつだぞ！」

すかさず正義が文句を言う。

「肉ならそこにも焼けてるのあるよ」

「そっちのほうがでかいだろ！」

どうでもいい言い合いを聞き流しながら、律花は肩を落とし、盛大なため息を吐《つ》いた。

「もう、最悪……」


翌日、今生《こんじょう》の別れみたいな大袈裟《おおげさ》なハグをされ、兄を見送った。正義を乗せて飛び立った飛行機が見えなくなった後、彰文の運転で帰路《きろ》に就《つ》く。

「もう、恥《は》ずかしいったらないわよ。周りの人みんな見てた……」

「そうだね、よっぽどりっちゃんと離れたくなかったんだろうね」

正義は、別れ際に律花の名前を叫びながら抱きしめ、あとは頼むと彰文の肩を力強く叩いた。正義の大声に、何事かと周囲が注視《ちゅうし》する中、彰文はしれっと笑顔を返していた。

恥ずかしいと感じていたのは、どうやら律花だけだったようだ。

「今更だけど、お兄ちゃんがばかなこと頼んでごめんね。引っ越しまでさせちゃって。断ってくれてもよかったのに」

むしろ断ってほしかった。彰文は昔から正義の我儘《わがまま》に寛大過ぎると思う。

けれど彰文は楽しそうに笑うだけだった。

「断る気なんてなかったよ。それに、断ったらアイツ、仕事辞めそうな勢いだったからね」

「嘘でしょ……もう本当にどうしようもないわね！」

呆《あき》れて脱力してしまう。律花は助手席のシートにぐったりと体を預け、天を仰いだ。

「お兄ちゃんが何頼んだかは知らないけど、私は大丈夫だから、ほっといていいからね」

「そうはいかないよ。せっかく引っ越してきたのに。俺は俺で代役をきっちりこなすつもりでいるよ。何かあったら遠慮せず頼って」

にこやかに、けれどきっぱりと断言される。

「代役って……そんなの必要ないんだってば。私もう子供じゃないんだよ？　それに、こんなことされると困るの」

「どうして？」

「そ、それは……」

その理由は他でもない。合コンや飲み会、未来の恋人とのデートの邪魔になるからだ。けれどそんなこと正直には言えない。言えばきっと正義に言いつけられる。

「と、とにかく、代役なんてしなくていいの！　彰文くんは彰文くんの生活を第一に考えて！」

「りっちゃんの兄代わりも、俺の生活の一部だよ？」

彰文はなかなか首を縦に振らない。

「そ、そういうわけにはいかないでしょ！　残業で遅くなった私を会社まで迎えに行ったり、寝坊した私を車で送ったりしたいわけ⁉」

「この車のナビにはりっちゃんの会社までの経路が三パターン登録されてるって聞いてるよ。正義がいない間は自由に使ってくれと言われているし、送迎は任せて！」

「土日はパシリよ？　食材の買い出しとか……あと、そう！　ウィンドウショッピングとかにも連れ回すかも！」

「構わないよ。実はこういうの初めてだから、色々楽しみなんだ」

何を言ってもにこにこと嬉しそうにしている彰文を見て、律花ははたと気づいた。

そういえば彰文はひとりっ子だ。妹ができたと思って楽しんでいるのかもしれない。

「あ、そうだ！　あとね、彰文くん――」

その後、色々なことを言って抵抗してみたものの、全て笑顔でかわされた。そのうえ、起床時間や休日の過ごし方、仕事の内容などを聞かれ、うっかり答えてしまった。

ある程度は正義から聞いているらしく、もしかしたら自分よりも詳しいのではと思ってしまうほど熟知していたけれど。

「俺、いつでも正義になれると思わない？」

なんて、笑って言う。完全に兄に代わって見張る気満々のようだ。

「勘弁してよ、もう」

せっかく自由になれると思ったのに、また籠《かご》の中の鳥に逆戻りだなんて……

思い返せば、楽しかったのは彰文が引っ越してくる前の一ヶ月間だけだったかもしれない。デートスポットを検索したり、かわいい服を着ている自分を想像してみたり。

ゆっくりと沈んでいく橙《だいだい》色の太陽を、律花は絶望的な思いで眺《なが》めていた。

2

一番幸せな時間は、誰にも邪魔をされずに素敵な夢を見ている時。

夢の中で律花は、いつか出会う素敵な男性と手を繋《つな》いで歩いていた。顔はわからない。だってまだ出会っていないのだから。

「しあわせ……」

彼の肩に頭を寄せると、慈《いつく》しむように頭を撫《な》でてくれる。

やっぱり彼氏って最高！

けれど、そんな幸せな時間を邪魔するかのように、どこか遠くのほうから目覚ましのアラームが聞こえてくる。

「ああ、大変！　朝が来たのね。私もう帰らなきゃいけないんだわ……」

切なげに呟《つぶや》くと、彼は律花の手を握り、行かないで、と首を振る。

律花はアラーム音を無視した。

「そうよね……やっと邪魔者がいなくなったんだもんね！」

あとは、真実の愛のキスをするだけ。この夢が覚める前に……

彼を見つめ、つま先立ちで顔を近づけながらゆっくりと目を閉じかけた、ちょうどその時——

「……ちゃん、りっちゃん。起きて」

今度は誰かに名前を呼ばれた。そればかりかゆさゆさと体を揺すられて、律花の視界がぼやけ始める。夢の中の素敵な男性が消えていく。

「え、やだ嘘！　お願い待って、今いいところなのに！」

もう少しでファーストキスがっ!!

はっとして目を開けると、そこは見慣れた自分の部屋だった。夢から覚めてしまったのだ。

「おはようりっちゃん。起きた？」

呆然《ぼうぜん》とする律花の目の前には、夢を強制終了させた張本人、彰文がいた。

赤と青の細いストライプのネクタイを白いワイシャツの胸ポケットに入れたままベッドに軽く腰かけ、楽しそうに律花の顔を覗《のぞ》き込んでいる。

「……せっかく、キスできそうだったのに」

「誰と？」

「目の前の人と！」

「俺？」

「ち、違うわよっ！」

もう！

律花は悔《くや》し紛《まぎ》れに枕に顔を埋《うず》めた。

「アラームが鳴りっぱなしで、全然止まらないから、寝坊するんじゃないかって心配してたんだ」

「……ちゃんと起きるつもりだったのよ」

とは言ったものの、律花はいつも兄に叩き起こされていた。掛布団をはぎ取られてベッドの下に転がされていたのだ。

「俺のこと必要ないって言ったわりにはひとりで起きられないじゃないか。俺がいてよかったんじゃない？」

「うっ……べ、別に……ちょうど起きようと思ってたし」

と言い訳する。しかし、彰文はどこか誇らしげだ。自分が早速、兄の代役を務めることができて嬉しいのだろう。

彼はくすりと笑うと立ち上がり、律花の頭をポンポンと撫《な》でた。

「じゃあ、パン焼いてるから着替えたらおいで。二度寝はなしだよ？」

「わかってる……」

ドアが閉まり、部屋にひとり残される。

ため息を吐《つ》くと、律花はゆっくりと起き上がりパジャマを脱ぎ捨てた。クローゼットにかけてあった服を手に取ってハンガーから外し、ふと気づく。

「……あれ？」

そういえば、どうして律花の部屋に彰文がいて、当然のように起こしてくれたのだろうか。

彼の住まいは壁一枚隔てた隣の部屋のはずだ。

「えっ、な、何でっ⁉」

律花は自室のドアを力いっぱい開けると、冷蔵庫の中を覗《のぞ》き込んでいる彰文に大股で近づいた。

「ちょっと彰文くん！」

「どうしたの、りっちゃ――」

「何で私の家にいるの！」

彰文は律花を振り返り、驚いた様子で目を見開いた。腰に手を当てて怒りを爆発させている律花をまじまじと見ている。

「彰文くんの家は隣でしょ！　どうやって入ったの？　寝る前に戸締まりはちゃんとしたのに！」

彰文は律花の剣幕《けんまく》に気圧《けお》されたのか、困ったような顔をした。そして、予想外の言葉いた。


を口にする。

「着替えの途中みたいだけど……」

「えっ」

そう言われて初めて、自分が、ブラジャーとパンティだけの姿だったことに気がついた。

「きゃーっ！」

両手で胸元を隠しながら叫ぶと同時に彰文が背中を向ける。

「み、み、見たわね！」

「見てないよ」

「――っ！　嘘つき！」

叫ぶなり、律花はくるりと踵《きびす》を返して部屋に駆け戻る。

「見られた……もう嫌！　っていうか何でいるの！」

就寝前に鍵は絶対かけたはず。

ならば、寝ぼけて迎え入れてしまったのだろうか。混乱したまましばらくドアの前でうずくまっていると、コンコン、とドアをノックされた。

「りっちゃん？　また寝てないよね？　早く準備しないと遅刻するよ。もちろん車で送ってもいいけど」

遅刻、と聞いて急いで立ち上がる。枕元の目覚まし時計を見て、もたもたしている時間はないと気づいた。

「やばい、急がないと」

服を着てリビングに戻ると、彰文は優雅《ゆうが》にトーストにバターを塗っていた。

「パン焼けたよ」

「あ、ありがとう……じゃなくって、彰文くん何でいるの？　何で普通にパン焼いてんの！　しかも……さっき見たでしょ？」

見ていないと言うほうが無理がある。疑いの目でじいっと睨《にら》むと、彼はにっこりと微《ほほ》笑《え》んだ。

「大丈夫だよ」

何が大丈夫なのよ！

「そもそもどうやって入ったの？」

「どうって、玄関から普通にだけど」

「か、鍵は？」

すると彰文はポケットから見覚えのあるキーホルダーの付いた鍵を出して見せた。

「それ……お兄ちゃんの!?　返して！」

律花が手を伸ばすと、彰文はひょいと持ち上げる。

「ダメ。返せない」

「どうしてよ！」

「これはりっちゃんじゃなくて正義から借りたものだから。それに、この鍵がなかったら、俺はりっちゃんを起こしてあげられなくなる」

「うっ……」

それは困る。律花は手を伸ばしたまま動きを止めた。

「で、でも……こんな使い方するのは間違ってると思う」

正義が預けた鍵は、律花が鍵を失くしたり、急病で動けなくなったりした時に使うべきものだろう。

起こしてくれたことには感謝している。けれど、女性の部屋に上がって、勝手に朝食を用意して起きてくるのを待ってるなんて。

それに、部屋には見られたくないものがたくさんある。いくら旧知の彰文とはいえ、パジャマ姿を見られるのだって恥《は》ずかしい。

「間違ってないよ。正義からも毎朝起こすように頼まれてるし。俺は任務を全《まっと》うしただけ」

「……はあ？　そうなの⁉」

あのばか兄貴！　いくら親友だからって、何でこんな恥ずかしいことまで頼んでるのよ！

予想外のことに頭が痛くなり、律花は思わず額《ひたい》を押さえた。

そんな律花を見て、彰文はコーヒーを一口飲んでから口を開く。

「わかった……じゃありっちゃんの意見を尊重しよう。好きなほうを選んで。俺が朝食を用意して起こしに行くまでゆっくり寝てるのと、寝坊して、毎朝俺に車で送ってもらうのと、どっちがいい？」

「……どんな二択よ」

けれど、本当にその二択になりそうだ。律花は眉間《みけん》に皺《しわ》を寄せて口を噤《つぐ》んだ。

「俺は正義よりも優しく起こすよ？」

彰文は律花の顔をじっと見つめる。律花が頷《うなず》くのを待っているようだった。

「でも、やっぱり……」

「そうだ、時計見て。時間大丈夫？」

「げっ、大丈夫じゃない！」

律花は急いで洗面所でヘアセットと化粧を終わらせると、立ったままトーストを口に押し込んだ。

「りっちゃん、お行儀《ぎょうぎ》が悪いよ」

「ごめん、でも本気で遅刻しそうだから今日だけ許して——ごちそうさま！」

最後にコーヒーを流し込み、大慌《あわ》てで玄関へ急ぐ。

「行ってらっしゃい。戸締まりはしておくから。あとこれ、冷蔵庫に入ってたけど持っていくんだろう？」

「あ、お弁当！　すっかり忘れてた！」

朝起きられない律花は、夜のうちに翌日のお弁当を仕込んでいる。中身は夕飯の残りや冷蔵庫にある半端な食材などだ。

「じゃあ、行ってきます！」

玄関先で彰文からお弁当箱を受け取り、急ぎ足で駅に向かう。いつもの電車に滑り込んでほっとした途端《とたん》、律花はふと気づいた。

「……あれ、何か忘れてない？」

結局、鍵のことはうやむやのままで終わってしまったのだった。


経理部に所属する律花は、月末が繁忙期《はんぼうき》だ。この日も朝から伝票や未精算の領収証の処理に追われ、数字だらけの書類に目を回しかけたところでお昼休憩を迎えた。

「はあ、肩凝《こ》った……」

自動販売機でお茶を買い、重い足取りで食堂へ向かう。いつものテーブル席でお弁当を広げていると、前の席の椅子《いす》が引かれた。

「律花、おっつかれー」

顔を上げると、同期入社の藤峰由奈《ふじみねゆな》だった。

管理部で事務をしている彼女とは何かと気が合い、入社当時からお昼を食堂で一緒に食べている。

「楽しいひとり暮らしはどう？　満喫《まんきつ》してる？」

その問いに、律花は嘆息《たんそく》して答える。

「……実は、一昨日、お兄ちゃんの友達が隣の空《あ》き部屋に引っ越してきたの。代わりに私を見張るために」

正義に言わせると、守るため、らしいけれど。

今日までのことを掻《か》い摘《つ》まんで話して聞かせると、由奈は心底呆《あき》れた様子で苦笑いした。

「ここまでくるとお兄さんのシスコンも病的だね。笑える」

「ちょっと！　落ち込んでる友達に、もっと他に言うことあるでしょ？」

恨みがましく見ると、由奈は声を上げて笑った。

彼女には入社した時から色々と相談していたため、律花の家庭の事情——主に兄の事情をよく知っている。正義がアメリカへ行くと決まった時も、真っ先に由奈に話した。

「普通、親友にそんなこと頼む？　ばかでしょ。ばか兄すぎるでしょ！　それにね、その人――彰文くんっていうんだけど、優しいし頼りになるし常識人だから、お兄ちゃんがいた時よりは断然マシだと思ってたんだけどね……」

　そこで律花は言葉を切った。朝のことを思い出して額《ひたい》を押さえる。

「なになに？　何かあった？」

　由奈はコンビニで買ってきたおにぎりの袋を開けながら、興味津々《きょうみしんしん》で続きを促《うなが》した。

「……合鍵持ってて、寝坊した私を起こしてくれたの。お兄ちゃんが頼んだのよ。ありえないでしょ！　友達にこんなことまで頼む⁉　引き受けるほうも問題だけど！」

「まあまあ、遅刻しなくてよかったじゃない」

「それは、そうなんだけどさぁ」

　下着姿を見られたことは黙っておくことにした。恥《は》ずかしすぎて口にも出せない。

　それから他愛もない話を続けて休憩を終えると、律花は散漫《さんまん》になりそうな意識をどうにか集中させて午後の業務に励んだ。その甲斐《かい》あってか、二時間ほどの残業で今月の業務を無事終わらせることができた。

「もう八時になるのか、腹減ったな。どっか寄ってくか？」

「もちろん主任の奢《おご》りですよねー？」

　戸締まり後、経理部の何人かでエレベーターに乗り込みながら、そんな話で盛り上がる。

「片倉はどうする？」

「あ、今日は私も――」

「片倉さんはダメですよ」

言いかけたところで、律花の先輩、北山《きたやま》が口を挟む。

「今日は車の前で遅いって文句言いながら待ってる、に缶コーヒー一本！」

「じゃあ俺、一階のエントランスで無言で仁王立《におうだ》ち、に生ビール一杯で！」

すかさず主任も口を挟んだ。

「もう！　賭《か》けの対象にしないでください！　兄はもう迎えにきません。アメリカに行ったんです！　なので私もご飯に連れてってください！」

残業後に出現する正義の存在は、すでに経理部内に知れ渡っている。

いや、経理部内にとどまらず、他部署でも正義は有名で、律花の「怖い彼氏」だと噂になっていると、由奈から聞いた。

つまり、周囲から彼氏がいると思われている律花にとって、社内恋愛は絶望的だということ。

支店から異動してきたばかりの桜井ならば正義のことを知らないし、と期待していたけれど、あの一件以来、彼は律花に寄りつかなくなってしまった。

「えー、つまんないの。今日もカッコイイお兄さんが見られると思って、残業頑張ったのに」

「お前のモチベーションはそれだけかっ！」

主任と先輩の漫才のような掛け合いに、どっと笑いが起きた。

そして、みんなで連れ立ってエレベーターホールから移動していた時。

「あれ、でもいつもの車が止まってるよ？　お兄さんのだよね？」

「いや、そんなはずは……ええっ！」

見覚えのある黒のSUV車は確かに正義のものだった。先週アメリカに行った兄がもう帰ってきてしまったのだろうか。律花は焦《あせ》りながら自動ドアを抜け外に出て、車に駆け寄る。

「お疲れ様、りっちゃん」

律花を見つけて運転席から出てきたのは、正義ではなく彰文だった。のほほんと笑いながら手を振っている。

そういえば正義は、車を自由に使っていいと彰文に言っていたようだ。

でも、だからといって――

「な、何でいるの？」

「迎えに来たんだよ」

ここにいる時点でそれはわかってる。けれど律花は頼んだ覚えなんてない。

「何で迎えに来てるの！　勝手に来られても困る。それに……」

律花は遠巻きにこちらの様子を窺《うかが》っている経理部の人たちを振り返った。

「ごめんね。今日はこれからみんなとご飯に――」

「聞いてないからダメ」

「は⁉　ちょ、待っ――」

文句を言う前に、彰文は助手席のドアを開けて律花を押し込んだ。そして、主任や先輩たちにぺこりと頭を下げてから運転席側に回り込む。

「さあ、行こうか。シートベルトして」

混乱しながらも、つい言われた通りにしてしまう。彰文はそれを見届けると車を発進させた。

「あのね、彰文くん。本当に迎えに来なくてもいいんだよ。私、ちゃんとひとりで帰れるし」

「気にしないで。正義にも頼まれてることだから」

「でも、彰文くんだって仕事の都合とかあるでしょ？」

律花が食い下がると、彰文が思いついたように提案した。

「じゃあ、こうしない？　りっちゃんが残業した日は、一緒に外でご飯を食べるんだ」

「……はあ？」

「だからそのために迎えに行く。俺の仕事の都合とかは気にしないでいいよ。就業時間はあってないようなものだから」

「で、でも――」

「何食べたい？」

畳《たた》み掛《か》けるように問われ、律花は絶句する。

有無を言わせぬこの態度……にっこりと微笑《ほほえ》んではいるものの、その顔には、文句は一切聞かないと書いてある。

彰文はやはり正義の回し者なのだと、律花は改めて思い知った。

「……美味《おい》しいグラタンがあるお店。それ以外は嫌」

頬《ほお》を膨《ふく》らませて半ばヤケクソでそう言うと、彰文は左方向にウインカーを出した。

「かしこまりました、マイレディ」

迷わず車を進めているところから、店に心当たりがあるらしい。もっと無理難題《むりなんだい》を言えばよかったと思いながらちらりと彰文を見ると、何が楽しいのかにこにこしている。

着いた先は、こぢんまりとした一軒家風のレストランだった。『オープン』と書かれた年季《ねんき》の入ったプレートが、ドアにぶらさがっている。店に入ると窓側の席に案内された。十席ほどの小さな店だ。

メニューを開くと、ハンバーグやステーキ、グラタンなどの写真が載っている。特にグラタンは見るからに美味《おい》しそうだ。

注文を終えると、彰文はネクタイを緩《ゆる》め、シャツの第一ボタンを外した。それをじっと見つめながら、律花は口を開く。

「彰文くんてどんな仕事してるの？　お兄ちゃんも不思議だったけど、彰文くんもそう」

律花の都合に合わせて迎えに来れる仕事なんて、一体どんなものなのかと疑問に思ったのだ。

すると彰文は、なぜだか嬉しそうに体を乗り出した。

「俺の仕事は、パソコンでプログラムを組み立てること。会社に席はあるけど、パソコン一台あればとりあえずなんとかなるから、家でも仕事ができるんだ」

「……そ、そうなんだ」

時間の縛りがない仕事をしている彰文は、その気になればいつでも律花を迎えに来ることができるらしい。やっぱり彰文の監視からは逃れられないのか……律花は肩を落として息を吐《は》いた。

「俺に興味持ってくれたの？」

「え、何で？」

首を傾《かし》げると、彼は一瞬目を見開いた後、眉根を寄せたまま微笑《ほほえ》んだ。

しばらくして、熱々のグラタンが運ばれてきた。少し焦げたチーズの香ばしいにおいが律花の食欲をそそる。

「わあ、美味しそう。いただきます！」

ざくり、とフォークで表面のチーズに穴を開ける。隠し味に香草を使っているのか、ほんのりとハーブの香りがした。

律花は夢中になってグラタンを口に運んだ。トロトロのホワイトソースに絡《から》むマカロニは律花好みのアルデンテ。まさに絶品だった。

「こんなの初めて食べた！　すごく美味しい！」

「気に入ってくれたのなら、俺も嬉しいな」

顔を上げると、彰文は自分のことのように嬉しそうにしていた。

昔、彰文に勉強を教えてもらって答えがわかった時にも、彼はこんな風に微笑んでいた。それを思い出し、律花もつられて笑う。

彰文と一緒にいると、なぜだか穏やかで優しい気持ちになる。彼の持つ独特の空気がそうさせるのかもしれない。

先程《さきほど》までの不満も忘れ、律花はグラタンを平らげた。

「美味しかった！　満足！」

そんな律花を見て、彰文はおすすめだというフルーツシャーベットを追加注文してくれた。

「ここの味は気に入った？」

「うん！　家で再現したいくらい」

「じゃあ次来た時はハンバーグセットにしようか。これも気に入ると思うよ」

それを聞いて、先程《さきほど》見たメニューの写真を思い出す。

「わあ、楽しみ！」

次に来た時は絶対ハンバーグにしよう。いつ食べられるのだろうか。待ち遠しいな……と考えて、はっとする。

元々は経理部のみんなとご飯を食べに行くはずだったのに、気づけば彰文とここにいる。いつの間にか、彼のペースに乗せられていたのだ。

今も、次に一緒にご飯を食べる約束を自然にしていた。

彰文の手の平で踊らされているような気がするのは、考えすぎ？

けれど――

「わあ、美味《おい》しい！　このシャーベット美味しすぎる！」

律花の関心は、また食べ物のほうへ移ってしまった。

彰文が引っ越してきて数日が経《た》った。

自力で起きられない律花は、結局、毎日彰文に起こされている。そんな自分を不甲斐《ふがい》ないと思いながらも、彼を拒絶することができず、それどころか受け入れ始めてしまっていた。

「律花っ、聞いたよ！」

食堂でいつものようにお弁当を広げていると、コンビニから戻ってきた由奈がにやにやと笑いながらやって来た。

「男変えたんだって？　ワイルドな男前からからモデル風のイケメン！」

「はあ？　何よそれ……」

意味がわからず首を傾《かし》げると、由奈は笑いを堪《こら》えながら話してくれた。

どうやら先日、彰文が会社まで迎えに来たせいで、社内では律花が男を変えたと噂になっているらしい。

「う、嘘でしょ！　違うから！　それ彰文くんだから！　ていうか、私、周りの人にどんな風に思われてるわけ⁉　ねえ由奈、お願いだからちゃんと誤解だって言っておいて！」

「目撃者も多かったし、無理なんじゃない？」

「そんな……」

「大丈夫、聞かれたら訂正してるから。とは言っても、管理部内だけだけど」

これで、社内恋愛に対する淡い期待は完膚《かんぷ》無《な》きまでに打ちのめされてしまった。

「こう言っちゃなんだけど、律花って色々と残念だよね」

あまりのショックでテーブルに突《つ》っ伏《ぷ》している律花を見て、由奈が続ける。

「外見もかわいいいし、料理ができて雰囲気的にも守ってあげたくなる感じなのに……何でだろうね、確実に嫁《い》き遅れる気がする」

「い、嫁き遅れ……そんな不吉なこと言わないでよ！」

律花が顔を青くすると、由奈はそうだ、と何か思いついたように身を乗り出した。

「いいこと考えた！　そのモデル風イケメンと付き合っちゃえばいいんじゃない？　もともとお兄さんの友達なら、問題ないと思うの」

「やだ、ちょっと待ってよ！」

由奈は本気でそう考えているらしく、目をきらきらと輝かせている。

そう、彼女は人の恋愛に口を出すのが大好きなのだ。彼氏ができないと嘆《なげ》く律花をしょっちゅう合コンに誘ってくれたりもする。それはそれでありがたいのだけど、少しばかり先走ってしまうことがあった。

「お兄さんは律花がどこの馬の骨ともわからない男と付き合うのが嫌なだけでしょ？　だったら最初からお兄さんも知ってる人の中から選べばいいじゃない！　幼馴染《おさななじみ》と結婚なんて素敵よ？」

「やめてよ、彰文くんに、そういう感情はないの。昔から知ってるんだよ？　今更恋人になるなんて考えられないし」

「じゃあ今からでも考えてみれば？」

無理なものは無理、と律花はその提案を突っぱねた。

彰文と付き合う？　そんなの、考えたこともなければ思いつきもしなかった。だって彼は正義の親友で、律花にとっては兄のような存在なのだから。

確かに、彰文は優しいし甘やかしてくれる。一緒にいると安心する。けれど、それは家族に対する愛情のようなもので、きっと恋愛感情ではない――と思う。

「わかった。それが無理なら、また今度合コンやるから、律花もおいで」

律花の頑《かたく》なな態度に、由奈が諦《あきら》めたように呟《つぶや》いた。

「え、本当⁉　やった、行く！　絶対行く！」

弁当箱を片づける手を止め、律花はがばりと顔を上げる。

由奈の密かな趣味は合コンの幹事をすること。去年何度か誘われて参加した合コンは、正義の乱入で全て不発に終わってしまったけれど、邪魔者はもういない。心置きなく参加できる。

社内恋愛が絶望的になってしまった今、律花の頼みの綱《つな》は合コンくらいしかない。

「あ、でも……」

ふと脳裏《のうり》によぎったのは彰文のことだった。律花が合コンに行くと言ったら正義のように邪魔をしてくるかもしれない。

「彰文くんが……大丈夫かな」

由奈が、心配する律花の顔を覗《のぞ》き込んで言う。

「もしその彰文くんとやらが邪魔しそうだったら、私と女子会するとかなんとか言えばいいよ。前みたく場をぶち壊されても困るし」

由奈が言っているのは正義が乱入した時のことだ。

「うっ、その節《せつ》は申し訳ございませんでした……」

ともあれ、一年振りの合コンだ。気合い入れて準備をしなければ！

楽しみができた律花は、上機嫌で午後の仕事に取り組み、予定通り定時で退社した。

家の最寄り駅に着き、夕飯の食材を買おうと、駅前のスーパーに足を向ける。

「あ、彰文くん！」

スーパーの入口で彰文を見つけた。

「ああ。おかえり、りっちゃん」

彰文は足を止め、律花が来るのを待った。朝と同じスーツ姿。律花と同じく仕事帰りのようだ。

「ただいま。彰文くんも夕飯の買い物？」

「そうだよ。ここのスーパーは広くていいね」

「でしょ！　私もよく来るの。しょっちゅう来るなら会員カード作っておくと便利よ」

二人して買い物カゴを持ち、店内を並んで歩く。

「知ってる？　水曜日は野菜の特売日で、金曜日が――って、彰文くん？」

先程《さきほど》まで隣にいたはずの彰文が消え、律花はキョロキョロと辺りを見回した。

すると彼は少し離れた惣菜、弁当コーナーにいた。

突然いなくなられるとひとりで話してるみたいで恥《は》ずかしいのだけれども……

「もう、彰文くん！」

「どうしたの、りっちゃん」

彰文は律花の状況にも気づかず不思議そうな顔をした。

ふと彼のカゴを見ると、すでに春巻きや唐揚げなどのお惣菜が入っている。

「巻き寿司と海鮮丼、どっちにしようか迷ってて」

「そ、そうなの？　……じゃなくて！　あのさ、彰文くん。もしかしていつもこういうの食べてる？」

「うん、美味《おい》しいよ？」

「自炊はしないの？」

自炊、と聞いて彰文は無言で苦笑いをする。

「……あ、パンなら焼けるよ?」

「そんなの自炊のうちに入らないから!」

こんなところまで正義と似ている。兄も律花と一緒に住むまではコンビニ弁当が主食だった。

「もうっ!」

律花は彰文のカゴに入っている惣菜を棚に戻した。そして彰文の腕を引き、彼が持っていたカゴを店の入口に返して、先程《さきほど》までいた野菜コーナーに戻る。

「あの、りっちゃん?」

「私が作るから! いつもお弁当なんてダメ! たまに手抜きするくらいならいいけど毎日はダメだよ!」

きょとんとする彰文に、律花は畳《たた》み掛《か》けるように続ける。

「好き嫌いはある?」

「ないけど」

「わかった。じゃあ……」

律花は水曜日限定の特価品になっていたピーマンを一袋掴《つか》んだ。

「肉詰めかチンジャオロース、どっちがいい?」

彰文を振り返ると、ピーマンを見つめながら嫌な顔をしている。

「ひょっとしてピーマン嫌い？」

「いや……苦手なだけ」

しばらくの沈黙の後、彰文は小さな声で言った。

「それを嫌いって言うんじゃない」

「別に嫌いじゃないよ。苦い野菜は得意じゃないけど、食べられないことはないし……」

歯切れの悪い言い方が、まるで子供の言い訳のように聞こえて、律花は思わず噴き出してしまった。大人だと思っていた彰文が、まさかピーマン嫌いだったなんて！

「だからね、りっちゃん――」

「ごめん、ごめん……ふふっ」

笑いながら目元に浮かんだ涙を拭《ふ》く。彰文はバツが悪そうに律花から視線を逸《そ》らした。

「……りっちゃんだって今まで気づかなかっただろう？」

「それもそうね。あ、じゃあ、今日はオムライスにしよっか。バターライスとデミグラスソースの。これは好きでしょ？」

「……よく覚えてたね」

「当たり前じゃない」

大学生だった彰文が遊びに来た時に、律花が夕飯を作ったことがあった。

冷蔵庫の残り物と相談して作ったオムライスだったけれど、どうやら彰文のお気に入りの一品になったらしい。あれから何度かリクエストされて作ってあげた。

おかげで今では律花の得意料理のひとつになっている。

「いつも美味《おい》しそうに平らげてくれたし、ちゃんと覚えてるよ」

「あの味は忘れられなかったなあ。また食べられるなんて、すごい嬉しい」

スーパーで必要な食料を買い揃《そろ》えると、二人は並んで歩き始めた。

「お兄ちゃんも、私と一緒に住むまではコンビニ弁当が主食だったのよ。どうして男の人って料理しないのかしらね」

「俺も正義もしようと思えばするよ」

「じゃあどうしてしようと思わないの？」

「りっちゃんの手料理が食べたいから、かな？」

彰文は笑顔で律花を見下ろしていた。その表情からは、本気で言っているのか冗談なのか読み取れない。

「……何よそれ。意味わかんない」

角を曲がると夕日が差し込み、律花は眩《まぶ》しくて目を細めた。

「言葉通りの意味だよ」

律花は彰文を見上げたが、彼の表情は光に邪魔されて見えなかった。

「すごい……本物だ」

律花が作ったオムライスを前にして、彰文は感嘆《かんたん》の声を上げた。

「そんなに喜ぶもの？　ただのオムライスじゃない」

「ただの、じゃないよ。りっちゃんが俺に作ってくれた……特別なオムライスだ」

食べるのがもったいない、なんて言う彰文に苦笑いしながら、律花は付け合わせのサラダとコーンスープをテーブルに並べる。

「でも冷《さ》める前に食べちゃってよね。後でお代わりでもして」

「じゃあ、遠慮なくいただきます！」

パン、と両手を合わせたかと思うと、彰文は大口を開けてオムライスを食べ始めた。そして、食べながら何度も「すごく美味《おい》しい」とか「いつも食べてる正義が羨《うらや》ましい」といった言葉を口にした。

彰文の喜びようが、まるで大好物を食べている子供みたいで、律花はくすくすと笑いを漏《も》らす。

当然だけど、褒《ほ》められれば嬉しい。

正義なんて、いくら料理を作ってあげても、「美味しい」と言ってくれたことなんか一度もなかった。料理が得意だと自負していた律花も、さすがに自信を失いかけていたところだった。

「本当に、今まで食べたオムライスの中で、りっちゃんのが一番だよ」

「も、もうわかったから、そこまで言わなくていいってば……」

面と向かって褒《ほ》められることに慣れていない律花の頰《ほお》がじわじわと熱くなる。彰文からの尊敬の眼差しがくすぐったくて、どうしても視線を合わせられない。

「あ、えっと……お代わり作ってこようかな。あとどれくらいいる？」

彰文のお皿のオムライスが残り少なくなったのを見て、律花は食事の途中で席を立つ。

彰文は食べ終わってからでも構わないと言ったけれど、すぐに作ってあげたかった。

褒められて嬉しくなった律花は、彰文にもっと喜んでほしいと思ったのだ。

言葉に出して言えないことは行動で示す——律花なりの照れ隠し。

「本当にいいの？　俺は後ででも平気だよ」

「いいの、私の手料理美味《おい》しいって言ってくれる人を待たせるわけにはいかないから」

「……ありがとう、りっちゃん」

彰文の屈託《くったく》のない笑顔を見て、律花は頰を緩《ゆる》ませた。


「ごちそうさまでした。すごく美味しかったよ」

「いえいえ、お粗末様でした」

出した料理を残さず平らげてくれた彰文に満足した律花は、空になった食器を重ねながら言う。

「ねえ、よかったら明日も食べに来る？」

「いいの？」

「一人分作るのも二人分作るのもたいして変わりはないから。それにコンビニ弁当ばかりじゃ栄養偏《かたよ》っちゃうでしょ。なんだったら毎日作ってもいいし……」

「それは、すごく嬉しいんだけど……毎日なんて、甘えちゃってもいいのかな？」

「いいわよ。それに、食費はきっちりいただくからそんなに気にしないで」

むしろ、一人分だけ作るよりもそっちのほうが助かるのだ。肉や野菜を買っても一回に使う分量なんて半分がいいところ。お弁当の具材に回しても余るし、数日もすればいたんでしまう。

「いらない日は早めに連絡してちょうだいね」

「ありえないよ。絶対毎日食べる。食事の時間に遅れたとしても食べるから」

喜びを声に滲《にじ》ませて言う彰文を見て、律花は口元を押さえて笑った。

「ふふ、わかった。じゃあ明日からね」

律花が使い終わった食器を下げようと立ち上がると、彰文がそれを制止する。

「待って、りっちゃん――」

そして彼は、食事のお礼に、と言って食器を洗うと申し出てくれた。いつもやっていることだから、と断ったけれど、彰文はシャツの袖《そで》をまくり上げながら律花よりも先に流し台に立ち、スポンジを手に場所を占領してしまった。

「仕事して帰ってきて、料理までしたんだから、今日はもう座ってのんびりしてて」

やんわりと諭《さと》され、律花はお言葉に甘えてソファーでドラマを見ることにした。

これが正義だったら……ごちそうさまも言わず、食べ終わった食器をそのままにしてソファーに寝転がり、お笑い番組を見始めるだろう。そして食器を洗っている最中の律花に、冷蔵庫から缶ビールを持ってこい、なんて命令するのだ。

「親友なのに、こうも違うなんて……」

律花はちらりとキッチンに視線を移した。対面式のキッチンは、ガスコンロと流し台がリビングのほうを向いていて、彰文の様子がよく見える。

長身の彰文には流し台が低くて洗いづらそうだけれど、彼は楽しそうにお皿を水でゆすいでいた。しばらくして律花の視線に気づくと、にっこり微笑《ほほえ》む。

「何か飲む？　コーヒーでも淹《い》れようか？　それとも紅茶がいい？」

「ええっ」

律花は驚いて目を瞠《みは》る。

彰文のこの気遣い……正義と全然違う！　こっちのほうが断然いい！

どうして自分は、彼が隣に越してきたことに不安を覚えたのだろう。正義との生活なんかよりも今のほうが、何倍も、何十倍もいいに決まってる。

当初は嫌だと思っていたはずなのに、今はこの生活を快く受け入れている。朝はベッドから落とされることもなく優しく起こされて、夕食を作れば喜んでくれる。家事の手伝いも進んでしてくれるし、何よりいつも目の前にあるのは優しげな笑顔。

……これのどこに不満があると？

律花はすっと立ち上がり、ダイニングテーブルを通り越してキッチンに向かった。不思議そうな顔をする彰文に笑いかけて、彼のうしろに回り込む。

「自分でするから平気よ。彰文くんも飲む？　紅茶でいい？」

壁側の食器棚からカップとティーバッグの缶を取り出す。すれ違った時に背中が当たり、ごめんと軽く詫《わ》びた。

体格のいい彰文と二人並んで立つには少しばかり狭いキッチンで、流れてくるＣＭ曲に合わせて鼻歌を歌いながら二つのカップにお湯を注いでティーバッグを浮かせた。

「そうだ、正義にちゃんとメール返信してる？」

「え、あー……うん、忘れてた」

彰文からの問いに、楽しい気分がしぼんでいくのを感じながら、律花は角砂糖の小瓶とカップをトレイに載せる。

どうしてこんな時に思い出させるの……

「朝起きるとメールが来てるんだけど、時間なくて返信できなくて。後で送ろうとは思うんだけど、そうこうしてるうちに忘れちゃうの」

一番の原因は送るつもりがないことなのだけれど、それは黙っておいた。

「……だろうと思った。心配してるから送ってあげて」

彰文は困ったように眉を顰《ひそ》めて振り返る。きっと彼のほうにメールがたんまりと送られているのだろう。

それはそれで悪いと思ったので、律花は素直に頷《うなず》いた。

「寝る前に送ることにする。紅茶、テーブルに持ってくね」

逃げるようにキッチンを出てソファーに座った。テレビは週間天気予報を放送している。

「やった、土曜日晴れになってる！」

「どこか行くの？」

「うん、買い物に行こうかと思ってて……」

そうだ、と律花はソファーに置かれていたファッション雑誌を手に取った。

服の好みは人それぞれだけれども、他の人の意見も聞きたいと常々思っていた。けれど正義に聞けば、どこに着ていくのかと根掘り葉掘り聞かれることはわかっていたので、聞くに聞けなかったのだ。

彰文なら、きっと男性目線の鋭いアドバイスをくれるだろう。

そのアドバイスを参考に、今度開催される合コンに着ていく服を調達しよう。

「あのね、彰文くん。ちょっと聞きたいことがあるんだけどいい？」

「うん、何かな？」

洗い物を終えた彰文は、手を拭《ふ》きながら続きを促《うなが》した。

律花は膝《ひざ》の上に置いた雑誌をめくり特集ページを探す。彰文は律花の背後に立ち、うしろから覗《のぞ》き込むように腰を屈《かが》めた。

「あ、あった……彰文くんはさ、例えばミニスカートとショートパンツだったら、どっちが好み？」

これ、と見開きページを見せる。そこには『オトコ受け抜群！　ミニスカート対ショートパンツ対決。勝つのはアナタ！』と書いてあった。かわいらしいものからセクシーなものまで、たくさんの写真が載っている。

ちなみに次のページには、それぞれのオススメポイントが細かく記載されている。例えばスカートは男性が脱がせやすいだとか、ショートパンツはお尻のかたちがわかるから誘うのにいい、といった過激なことまで。もちろんそんなページを彰文に見せるつもりはないけれど。

「……俺の、好み？」

彰文は首を傾《かし》げながら律花の隣に移動すると、ソファーに座り雑誌をまじまじと見つめた。かすかに眉間《みけん》に皺《しわ》が寄ったように見えたのは気のせいだろうか。

「まあ……彰文くんがっていうか、男の人って実際どっちが好きなのかなって思って」

律花はモデルを指差しながら雑誌の一文を読み上げる。

「このスカートは大人かわいいを意識してるんですって。女の子が転ばないように手を差しのべた時に、ありがとう、と上目づかいで見つめられたら一生守ってあげたくなる……本当かしら？　こっちのショートパンツはクールでカッコイイ系。ヒールを履《は》いてバーカウンターでカクテルをひと口、普段は見せない隙《すき》を見せれば、落ちないオトコはいない……そんなもの？　彰文くんはどっちが好き？」

いくら待っても返答がなかったので、律花は視線を上げ、彼を見つめた。

「……彰文くん？」

彰文は律花と目を合わせると、落胆した様子で短く息を吐《は》いた。

「……いや、そうだな……俺はスカートのほうがいいかな」

その後に、膝《ひざ》丈の、と付け加えた。

「ショートパンツもミニスカートもセクシーでいいと思うけど、りっちゃんの足は俺と二人きりの時にだけ見せてほしいな。他の男には見せたくないから、これはどっちも却下」

「何でそこで私の足が出てくるのよ……」

ただ、どちらが好みかと聞いただけで、律花が身に着けるだなんて一言も言っていないのに。

「あれ、どんな質問だったかな？」

彰文は肩を竦《すく》めると、視線を律花から雑誌のモデルに移した。彼女たちは細く長い足を惜しげもなく晒《さら》し、唇を尖《とが》らせて挑発的な表情をしていた。

彰文が言いたいことに感づいた律花は、幾分《いくぶん》腹を立てながら頬《ほお》を膨《ふく》らませる。

「……モデルさんみたく細くなくて悪かったわね。そうよね、私はこんなの着こなせないものね！」

「いや、細ければいいってもんじゃないよ。触り心地が大事だ」

「でも太いか細いかだったら細いほうがいいでしょ？」

するとと、彰文は困ったように腕を組んだ。

「……なんだろうね、この男女間のギャップって。細いほうがいいなんて誰が言い出したのか知らないけど」

「じゃあ聞くけど、触り心地なんて見た目じゃわからないじゃない。触らなきゃわからないのに、どうやって確かめるの？　初対面でいきなり触ったら失礼だわ。それに、第一印象は視覚からだって、ここにしっかり書いてあるし！」

律花はトントン、と雑誌の左上を軽く叩く。

「じゃあ、初対面じゃないりっちゃんは俺に触らせてくれるの？」

「……はあ？　何でよ！」

って、何でこんな話になってるわけ⁉

彼がくっくっと笑いを漏《も》らしたので、律花はそれが冗談だったのだとやっと気づいた。

そして同時に、彰文が思った以上に近くにいることにも。

彰文は空《あ》いている手をソファーの背に回していて、律花に寄り添うように座っている。寛《くつろ》ぐように組み替えた足は、膝《ひざ》同士が当たるほど近い。

少し離れて、と文句を言うべく口を開きかけたけれど、彰文が体を寄せて、律花の膝の上にある雑誌をめくり始めたので、しかたがないと諦《あきら》めた。

「俺の好みは、そうだな……」

律花は息をひそめてじっと待つ。

「……これなんかいいんじゃないかな？」

数ページほどめくった彰文は、夏の新作を特集しているページで手を止めた。指差しているのは、先程《さきほど》彼が言っていた、膝丈のスカート。

白地に小さな赤い花と黒のつる草模様がついていて、大人っぽくもあり、かわいらしくもあるフレアスカートだった。

それを穿《は》いたモデルの女の子は花束を手に煉瓦道《れんがみち》を歩いていて、お日様の下、柔らかく微笑《ほほえ》んでいる。

このスカートは、律花が最初からかわいいな、とチェックしていたものだった。

「これ、私もいいなって思ってたやつなの！」

「うん。りっちゃんに似合うと思うよ」

「えっ、本当？」

嬉しくなって雑誌から顔を上げると、にっこりと微笑む彰文と目が合う。思った以上に顔が近くにあり、律花は反射的に上半身を反《そ》らした。やっぱり、いつも以上に近い気がして落ち着かない。

目を泳がせた後、律花は雑誌を見るふりをして俯《うつむ》いた。

「あ、うん……似合うかな？」

「きっとかわいいよ」

彰文は律花の耳元で囁《ささや》くように答えた。さわ、と吐息が首筋をくすぐり、背中がぞくりと震えてしまう。

「ん？　どうしたの？」

そんなことにも気づいていないらしい彰文は、涼しい顔をしてテーブルに置かれた紅茶のカップに手を伸ばした。

「な、何でもないけど」

恨みがましく睨《にら》んだけれど、毒気のない笑顔に打ち負かされてしまった。

「ところで、土曜日は何時に出るの？」

「えっと、十時くらいかな……パンケーキのお店にも行きたいんだけど、そこが十一時開店だから」

「わかった。じゃあ九時に起こせばいいかな。その時間なら、俺は朝食抜きでもいいけど。りっちゃんは？」

「そうね……って、もしかして彰文くんも来るつもり!?」

「車で行こうか。そっちのほうが荷物が多くなっても楽だろう？」

答えになってない。しかも、一日でどれだけ買うと思われているのだろう。

「いいってば！　ひとりでゆっくり見たいもん！　試着もするし、長時間迷うし！」

「他人の意見も必要だろう？　それとも俺がいたら邪魔？」

「邪魔っていうか、ひとつのお店に三十分くらいいることもあるし、疲れちゃうでしょ？　お兄ちゃんなんか十分も待てないからいっつも急《せ》かすの。それが嫌なの。だから来なくていい！」

正義は勝手についてくるくせに、律花がゆっくり見て回っているだけでイライラし始めるのだ。どちらがいいかと意見を聞いても適当な答えしか返ってこないし、試着までして迷った挙句《あげく》、買わない、なんてことになると、途端《とたん》に不機嫌になる。さっきの時間を返せとまで言ってきて、出先で何度も喧嘩《けんか》するはめになるのだ。

「大丈夫。俺、正義と違って『待て』には自信あるよ？　りっちゃんに似合う服も見つけてあげられるし」

「で、でも……」

「服に合った靴《くつ》やアクセサリーも一緒に探そう」

言いながら、彰文は律花の髪をかき上げて耳元を露《あら》わにした。

去年の冬、正義に黙ってピアス穴を開けた。見つかってお小言《こごと》を言われても堂々としているつもりだったのだけれど、なぜだか未だにばれていない。

正義にばれないようにするために、普段は目立たないシリコンでできた半透明のピアスをつけていた。ずっと髪の毛で隠していたのに、彰文はいつ気づいたのだろう？

「かわいいの選んであげるよ。ね？」

彰文の指が耳たぶにそっと触れる。そんな不意打ちに、耳が、頬《ほお》が、じわじわと熱を帯びていく。真正面から見つめられて、胸が高鳴った。距離を取りたくても、ソファーの背もたれに邪魔をされて動けない。

「土曜日、九時に起こしに来るからね」

耳元から移動した手が、律花の赤くなった頬を掠《かす》めて離れた。

「わ、わかった……」

沸騰《ふっとう》しかけた頭でなんとか答えると、彰文は満足そうに笑みを深めた。

「じゃあ帰るね。今日はごちそうさま。おやすみ」

「……お、おやすみ」

本当なら玄関まで送るべきなのだろうけれど、ソファーから立ち上がれなくなってしまった律花は、硬直したまま小さな声で呟《つぶや》いた。

「い、今の……何だったの」

彰文が出て行く音を聞いてから、脱力したようにソファーに身を沈める。

急に騒ぎ出した胸を押さえて長く息を吐《は》いた。

さっきの彰文は、何だかいつもと違って見えた気がした。どこがどう違ったのかまではわからなかったけれど。

3

　そして土曜日。律花は予告通り彰文に起こされた。

　念のため、と十分前にセットしておいた目覚まし時計も功《こう》を奏《そう》さず……

「休日もだなんて……もう私、彰文くんがいないと生きていけないかもしれない。いなくなったらどうしよう！」

　ため息を吐《つ》いて肩を落とす律花を見て、彰文は目を輝かせた。

「りっちゃんが望むのなら、俺はずっと傍《そば》にいるよ」

「……えっ」

「朝は毎日起こしてあげる。夜は一緒にご飯を食べて、今日一日あったことを報告し合うんだ。それからのんびりテレビを見て、お茶を飲む……」

　彰文は律花の頬《ほお》を両手で優しく包み込み、にっこりと微笑《ほほえ》む。彰文の手が思った以上に温かくて、律花は息をするのも忘れて彼を見上げた。

「あ、あの……彰文くん？」

「――なんてね。さあ、いい天気だ。早く出かけよう！」

そう言うと、彰文はぱっと手を離して立ち上がった。そしていつものように律花の頭をポンポンと撫《な》でて部屋から出ていく。

「う、うん……」

ややあって、律花は小さな声で返事をした。

一瞬、それもいいかなと考えてしまった。けれど、起こしてもらうのが当たり前になるのも困りものだ。

「本当は、お兄ちゃんよりも彰文くんと一緒に住みたいくらいなんだけど」

律花は無意識に自分の頭に触れ、彰文の温もりを少しだけ手の平に感じた。

彰文の運転する車で向かったのは、流行の店と若者が集まる街。

雑誌に載っていたパンケーキの店は表通りにあり、車の中からでも盛況ぶりがうかがえた。

「うわあ、すごい並んでる……」

開店三十分前にもかかわらず、店の前には若い女性のグループやカップルが長々と行列を作っている。

「すごいね、人気なんだ?」

「あ、うん……」

律花は運転席の彰文を見る。

「雑誌に載ってたからかな……映画の撮影にも使われたし、それも原因かも……はぁ」

律花は諦《あきら》め気味に嘆息《たんそく》して、窓ガラスに額《ひたい》を押しつけた。信号が変わり、車が走り出す。

「りっちゃん、先に降りて並べる？　俺は車停めるところ探してくるから」

そのまま進むと思っていたのに、彰文は店の前でスピードを緩《ゆる》めると、ハザードランプを点灯させて車を路肩《ろかた》に寄せた。

「いいの？　だってあそこに並ぶんだよ？」

彰文はこんな行列に一緒に並んでくれるというのか。

「いいも何も、そのために来たんだろう？」

「そうだけど……」

正義だったら即Uターンだ。それなのに彰文は——

「ほら、早くしないと」

「あ、うん！」

律花は素早くシートベルトを外し、車から降りて急ぎ足で列に加わった。はどなくして律花のうしろに数人が並び、また列が長くなっていく。

うわ、並んでよかった……

ちらりとうしろを振り返り、心の中で彰文に感謝する。彼は諦《あきら》めろと律花を説得することもなく、逆に早く並ぶようにと背中を押してくれた。

いくら正義に律花の面倒を見ろと言われたからって、ここまでする義理はないだろう。彰文は優しい。優しすぎる。いつも笑顔で楽しそうに律花の面倒を見てくれて……だからだろうか。彰文が喜ぶと、律花も嬉しくなってしまうのだ。

しばらく並んでいると、店がオープンして列が進み始めた。そわそわしながら彰文を待っていると、戻ってくる彼の姿を遠くに見つけた。彰文は律花に気づくと軽く手を振った。

「お待たせ、俺がいなくて心細かった？」

「え？　べ、別に……」

というのは嘘。

前もうしろも友達同士かカップルばかりで、ひとりで並んでいるのは律花だけだったのだ。だから、おひとり様みたいで寂しかったのは事実。もしひとりで来てこんな行列を目の前にしたら、泣く泣く諦めていただろう。

口に出しては言えないけれど、律花は彰文が一緒でよかったと思っていた。

でも、それと同時に、行列に付き合わせている罪悪感もある。

「あの、本当にごめんね、彰文くん。こんなに並んでるとは思わなくて」

「大丈夫だよ。二人でおしゃべりしてれば、あっという間だから」

彼はどこまでも優しい。沈みかけていた律花の気持ちをいとも簡単に引き上げてくれる。

それから二人で色々な話をしながら待った。

やがて行列が短くなってきた。律花はつま先立ちになって前方を眺《なが》め、人数を数える。

「あと三組だ。もうすぐ中に入れそう」

その時、ふと視線を感じて、律花はちらりと横を見た。歩道を歩いている二人組の女性とすれ違いざまに目が合い、あからさまに逸《そ》らされる。

「どうかした？」

「あ、ううん。何でもない」

行列が珍しくて見ていたのかと思ったけれど、どうやら違うらしいと気づいた。歩道を歩く他の女性たちにもじろじろ見られたからだ。

「私の今日の服装、変かなあ？」

律花は自分自身を見下ろして、独り言のように呟《つぶや》いた。

プリーツが数本入っただけの紺色のスカートに、オフホワイトのシフォンブラウス。雑誌にも似たようなコーディネートが載っていたし、そこまでおかしいとは思えないのだけれども。

「何で？　今日のりっちゃんもかわいいよ？」

「でも、じゃあ……」

疑問に思いながら周囲を見回す。そして、ずっと見られていたのは自分ではなく隣の彰文なのだとやっと気づいた。

彼女たちはすれ違いざまに彰文を見て頬《ほお》を染め、ついでに一緒にいる律花を見定めていたのだ。

律花は彼女たちの視線を辿《たど》り、彰文をまじまじと見つめる。

確かに、由奈が言っていた「モデル風イケメン」というのはあながち間違っていないのかもしれない。

今日の格好だって、ぴかぴかの革靴《かわぐつ》に皺《しわ》のないズボン。着ているシャツはラフな感じに見えるけれど、律花も知っているハイブランドのロゴマークが控《ひか》えめに付いていた。

長身の立ち姿は、まさに雑誌の表紙を飾るモデルのよう。

昔からの知り合いだったから、今まで彰文を客観的に見たことがなかったけれど、彼は要するに、誰もが振り返ってしまうほどのイケメンなのだ。

……なんか一緒に並んでるの、恥《は》ずかしくなってきた。

だって、イケメンの隣にいるのは、美女でも何でもない自分。今置かれている状況に気づいてしまい、律花は足元を見つめて硬直した。

「りっちゃん――」

彰文は固まっている律花の名を囁《ささや》くと、腕を引いて抱きしめた。

律花の視界は彰文の両腕に塞《ふさ》がれてしまう。顔を上げると、彰文はいたずらを思いついたような表情をしていた。

「な、何？　どうしたの？」

驚く律花の耳元に、彼は内緒話をするように顔を寄せる。

「今、俺の会社の知り合いが横を通って……見つかりたくないんだ。だからごめん、ちょっとこのままでもいい？」

とは言うものの、彰文は焦《あせ》った様子もなく、むしろ楽しんでいるみたいだった。

「そ、それは、構わないけど……」

これで好奇の目に晒《さら》されないで済む。律花にとっては好都合だ。

ただ、いつも以上に彰文を近くに感じてしまい、心臓がドキドキと騒ぎ出したけれど。

「これなら俺だってばれないかな？」

彰文は体を半回転させると、律花を隠すようにして通路側に背を向けた。

「う、うん。背中しか見えないから、大丈夫だと思う……けど」

いや、でもやっぱり……これはこれで落ち着かない。

それからしばらくして店内に入り、律花はほっと息を吐《は》いた。

なんか、すごい疲れた……

それもこれも、彰文が律花を抱きしめたまま、なかなか離してくれなかったからだ。

最初は人目から逃れることができた、と喜んでいた律花も、だんだん焦《あせ》り始めた。

けれど、彰文に「心配だから、もうちょっと」と言われ、結局店内に入るまでずっと、律花は彼に抱きしめられたままだったのだ。

思い返すと顔が熱くなる。だって律花にとっては初めての経験だったのだから。

誰かとくっついたり抱きしめられるのって、こんなにも相手の体温を感じるものだったのね……

抱きしめられただけでこうなるなら、きっとキスなんてしたら立っていられなくなる。

律花は、男性と抱き合ったりキスをした経験がない。

そう、キス……この前、桜井とキスしそうになった時は、すんでのところで正義に邪魔をされてしまった。けれど、あの時は、こんなにドキドキしていただろうか……

もしかして、相手が彰文だから、こんなにドキドキしているのかも？

もしも、彰文とキスすることになったら——そう考えながら、無意識に自分の唇に触れる。

って、私ってば何を想像してんの！　キスの相手が彰文くんとか、ありえないから!!

我に返ると同時に、かあっと頬《ほお》に熱が集中する。ついさっき抱きしめられただけで、こんなことまで妄想してしまうなんて！

「さっきから百面相《ひゃくめんそう》してるみたいだけど、どうしたの？」

「え、あ……べ、別に何でも……」

顔が赤いと彰文に気づかれないように、律花は両手で顔を隠した。

「そう？」

怪訝《けげん》な顔をしつつも、彰文は「何にする？」と言ってメニューを律花のほうに向ける。注文を終えると、律花は改めて目の前に座る彰文を見つめた。

彼は見た目もかっこいいうえに性格も優しい。当然、モテるに決まってる。

こんな人が、せっかくの天気のいい休日に、恋人とデートするでもなく、親友の妹の買い物なんかに付き合っているなんて、何だか申し訳なくなってしまう。

しばらくすると、いい匂いを漂《ただよ》わせて、注文したパンケーキが運ばれてきた。

「ほら、りっちゃん見て。豪華《ごうか》だね」

「わあ、雑誌で見たのと同じ、山盛り！」

七段重ねのパンケーキを前にして、すごいすごいと言いながら彰文と笑い合う。

「……これは、やばい。超美味《おい》しいっ」

パンケーキは、文句なしの美味しさだった。

真似をして作ってみよう、と思い、律花はよく味わいながら口に運んでいたけれど、どうしても隠し味が何なのかわからない。

「みりん……じゃないよね。じゃあ、やっぱりバターが違うのかな……」

「もしかして、家でも作るつもり？」

「家でも食べられたら、いいと思わない？」

そう言ってにやりと笑ってみせる。

「そしたら、毎朝作ってもらうために叩き起こさなきゃならないね」

今度は彰文がにやりと笑う番だった。

「えっ、ちょっと待って……あ、パンケーキは休日限定にしない？　遅めの朝食！　そう、ブランチにする！」

どう？　と首を傾《かし》げると、彰文は少し考えてから頷《うなず》く。

「土日はりっちゃん手作りブランチ……それもいいね。何回か作れば、きっとこの店以上のパンケーキになると思うよ」

「うふふ、じゃあ頑張らなくちゃ」

彰文に乗せられるがまま、律花は土日のブランチも一緒に食べる約束をしてしまった。

そう気がついたのは、ずいぶん後になってからだけれど。

食後は腹ごなしに散歩することになった。歩き始めると、彰文は思い出したようにポケットから映画の割引券を取り出した。どうやらパンケーキのお店で配っていたらしい。

「嬉しい！　テレビで予告編を見て、これ面白そうだなって思ってたの。原作が小説なんだけど、私、読書が苦手だから読んでなくて……だから公開楽しみにしてたんだ」

「じゃあ今度、一緒に見に行こうか？」

「……いいけど、恋愛映画だよ？」

「いいよ。それに、これカップルシートだし」

「え、カップルシート？」

よくよく見ると、割引チケットには小さな文字でカップルシート限定と書いてあった。

恋人同士でもないのに、彰文と一緒に行ってもいいのだろうか。周りはラブラブなカップルだらけかもしれないのに……

彰文くんはいいのかな？

気になってちらりと横顔を見つめる。その視線に気づいた彼は、感情の読み取れない笑顔を返してきた。

「どうしたの？」

「うん、えっと、わあっ」

よそ見しながら歩いていたせいで、段差に躓《つまず》いてしまった。

「おっと、大丈夫？」

バランスを崩した律花を、隣にいた彰文が素早く支えてくれる。

「ご、ごめん」

もう大丈夫、と言って手を引いたのに、彰文は離してくれなかった。それどころかしっかりと繋《つな》ぎ直されてしまう。

「あの……彰文くん？」

「また転んだら危ないから、手を繋いでおこう」

「ええっ⁉」

「だからりっちゃんは安心してよそ見していいよ。歩きながらお店も見たいだろう？」

「見たいけど、でも……」

手を繋ぐのって、違わない……？

彰文の大きな手にすっぽりと包まれた自分の手を見つめ、ドキドキしつつそう考えていると、彰文は手にぎゅっと力を込めた。

「言っただろう。俺のことは正義だと思ってくれていいって」

なんだ、そっちか。

律花はなぜか落胆し、苦笑いして答える。

「……もう子供じゃないんだから、お兄ちゃんとは手を繋いで歩いたりしないいんだけど」

「いいから、いいから」

彰文はにこにこしながら、行こう、と律花を促《うなが》した。しかたなくそのまま手を引かれ、歩き出す。

「ねえ、お兄ちゃんは彰文くんに私のことをどこまで頼んだの？」

不思議そうに首を傾《かし》げる彰文に、指を一本ずつ折りながら続ける。

「朝起こすこと、残業終わりに迎えに行くこと、休日のショッピングに付き合うこと。他には？」

「ああ……そうだね、りっちゃんがしてほしいことは何でも、かな。見たい映画があるなら一緒に見るし、行きたいところがあれば車を出す。もし部屋の電球が切れたら替えるし、虫が出たら退治しに行くよ。あと、他に相談事があれば言って、聞くから」

「え、本当に？　本当にそんなことまで頼んだの？」

だって兄は、映画なんて一緒に見てくれないし、郊外のアウトレットに行きたいと頼んでもなかなか首を縦に振らない。来なくていい時は来るくせに、こちらから頼むといい顔をしないという、ものすごく扱いにくい人間なのだ。

普段しないことまで人に頼んでいくなんて――

「まったくもう……お兄ちゃんから頼まれたことは、全部無視していいからね」

すると、彰文は立ち止まり、律花に向き直った。

「したいんだ。俺のこと、正義以上だと思ってくれて構わない。だからもっと頼ってくれないかな?」

真正面からじっと見つめられる。力強い眼差しに、律花の心臓が勝手にドキドキと騒ぎ始めた。

「あ、あのね彰文くん――」

言葉を遮《さえぎ》るように、彰文の人差し指が律花の唇に触れる。

「正義がいない今、りっちゃんの近くにいるのは俺だけなんだから、俺を頼って。ね?」

優しげな、けれど有無を言わせない瞳に見つめられ、気づけば律花はこくりと頷《うなず》いていた。

「よかった。じゃあ行こう!」

彰文に手を引かれ、再び歩き出す。またもや彼のペースに乗せられてしまったことに、律花は気づいていなかった。

「このお店、ちょっと覗《のぞ》いてみる?」

少し歩いた先で、彰文は、雑誌に載っていたフレアスカートが飾られている店を目ざとく見つけた。

店内に入ると、そのスカートを手に取り律花に当てる。

「似合うんじゃない？　試着してみる？」

彰文はにっこり微笑《ほほえ》んだ。

確かにこのスカートはかわいい……けれど、予算オーバーだ。

しかし、律花が口を開く前に店員が現れた。

「それ、素敵でしょう？　雑誌にも載ったんですよー」

彼女はセールスポイントを説明しながら、いそいそとハンガーからスカートを外す。

「どうぞ、フィッティングルームにご案内しますね」

「はい、お願いします」

そう答えたのは、律花ではなく彰文だった。

「ちょっと、彰文くん！」

「あらあら、彼氏さんは入っちゃダメですよー」

「なんだ、残念。じゃあ行ってらっしゃい」

笑いながら律花の肩を押す。

「私、試着するなんて言ってない！」

小声で彰文に抗議したけれど、彼は笑って手を振るだけだった。

「もう……試着したら断りづらいじゃないの」

ぶつぶつ文句を言いながらも、律花は試着室に入り、スカートを穿《は》き替えた。

シフォン生地のスカートは柔らかくて軽やかで、体を半回転させただけで、裾《すそ》がふわりと舞い上がる。

買うつもりはなかったのに、スカートが思った以上にかわいらしくて、心が揺れた。

「りっちゃん、どう?」

外から彰文に声をかけられ、律花は試着室のドアを開ける。

「へえ……とても似合ってるよ。かわいい」

「そ、そうかな……」

面と向かって言われると、照れてしまう。

「こちら、スカートと一緒に雑誌に載った靴《くつ》なんですが、よろしければ履《は》いて歩いてみてくださーい」

試着中に店員が靴も用意したらしい。

「履いてみたら?」

「あ、うん」

律花はリボンストラップの付いたサンダルを履く。慣れないヒールにふらつくと、彰文が律花の手を取ってくれた。そのまま鏡の前に連れていかれる。

そこには、ヒールで身長が七センチほど伸びた律花の姿が映っていた。

「へえ、靴だけでもずいぶん印象が変わるもんだね。大人っぽくていいんじゃない?」

「ええ！　お客様はとっても綺麗な足をされてますし、すっごくお似合いですよ！」

彰文に同調するように、店員も律花を褒《ほ》める。

「綺麗な足だってさ。俺もそう思うよ」

横で彰文まで言うのだから、ますます恥《は》ずかしくなる。

「そのヒールなら、背の高い彼氏さんと並ぶとちょうどいいですね！　素敵なカップルに見えますよー」

「あ、あの、カップルじゃ――」

「じゃあ靴も一緒に買っちゃう？」

彰文はカップルと言われたことに気づいていないのか、にこにこと楽しそうにしている。何度か「彼氏さん」なんて呼ばれたことも、まったく気にしていないようだった。

「……りっちゃん？」

ぼうっとそんなことを考えていたら、突然彰文に顔を覗《のぞ》き込まれ、律花は焦《あせ》って目を逸《そ》らした。

「え、あ……い、いらない！　ヒール高いと転んじゃうし！」

つい、強く拒否してしまう。この靴が欲しいだなんて、まるで彰文と並んで歩きたいと言っているみたいだ。

「このスカートだけお願いします！」

「はーい。では在庫をお包みしますので、ゆっくりお着替えくださいねー」

律花は彰文から逃げるように、試着室のほうへ向かった。

「はぁ……どうして急に顔近づけるかな」

前から思っていたけれど、彰文は突然距離を詰めるのが得意らしい。

これじゃ心臓がもたない。ドキドキする胸を押さえながら試着室のドアを開けた時だった。

「ねえねえ、窓際の人かっこいい！」

そんな声が聞こえ、律花は足を止める。窓際の棚でアクセサリーを見ているのは、他でもない彰文だ。

「あの人、彼女連れてたよ」

「まさか、あれはどっからどう見ても妹じゃない？」

そう言いながら、二人は律花に気づかず行ってしまった。

い、妹……？　そりゃ、そう見えるのはしかたないけれど……

知らない人から言われたその言葉に、なぜだか律花はショックを受けていた。

「妹か……」

傍《はた》から見れば、彰文と律花は兄と妹に見えるのだ。

でも、もしこの靴《くつ》を履《は》いていたら……律花はじっと足元を見つめた。

いつも履いているものよりもヒールが高くて歩きにくいけれど、足が長く見えるのは確かだ。

この靴を履いていれば、一緒に並んで歩いても妹には見られない？　彰文に見合う女性になれる？

「……あ、あのっ！　やっぱりこの靴もいいですか？」

律花は彰文に聞こえないように小さな声で、レジ前にいる店員に伝えた。

「はーい。ご用意しておきますねー」

ああ、言ってしまった……

試着室に入りため息を零《こぼ》す。勢いで言ってしまった後、律花は少し後悔し始めた。

だって、スカートだけでも予算オーバーだったのに。

「でも……」

あの靴を履けば、彰文と並んで歩いても妹には見られないはず……そう自分に言い聞かせながら、決心が揺らがないうちにと急いで着替える。髪を軽く直してから試着室を出て、カードで会計を済ませると、すかさず彰文がショッピングバッグを受け取った。

宣言した通り、荷物持ちをしてくれるらしい。

「ごめんね、時間かかっちゃって」

「気にしないで。今日はりっちゃんのための買い物なんだから。それに、あのスカートすごく似合ってたよ」

「そ、そうかな……」

やっぱり買うことにしてよかったと思ってしまう自分は、ずいぶん単純らしい。

「りっちゃんはふわふわした服が似合うね。いつもかわいいけど、さっきのりっちゃんは五割増しでかわいかったよ」

「や、やだ！　もう、そういうこと言うのやめてよ！」

彰文は照れる律花を見て嬉しそうに微笑《ほほえ》むと、出口へ誘導するように背中に手を回した。

外に出ると、彼は律花の耳元に顔を寄せて囁《ささや》く。

「やっぱり靴《くつ》も買ったんだ？」

「え？　あ、えーっと……」

一緒に並ぶと素敵なカップルに見えると言われ、買った靴。店員にはこっそり頼んだのに、それがまさか、彰文にばれていたなんて。

「べ、別に……これは、その……」

恥《は》ずかしすぎる。じわじわと頬《ほお》が熱くなっていく。

そんな律花を嬉しそうに見ていた彰文は、隣に並ぶと、ポケットから小さな包みを取り出した。

「はい、これあげる」

包装紙は先程《さきほど》の店のものだ。

「開けてみて」

言われるがまま包装を解《と》く。

「わあ、かわいい。これ、貰《もら》っていいの？」

中身はピアスだった。花をモチーフにしていて、ピンクのキュービックジルコニアが輝いている。

手の平のピアスを眺《なが》めていると、彰文がそれを手に取り、律花の耳に当てた。

「うん、似合うよ。せっかくならかわいいのつけなきゃ。ね？」

「彰文くん……えっと、どうもありがとう」

誕生日でも何でもないのにプレゼントを贈られるなんて。

なんだか気恥ずかしくなり、律花は俯《うつむ》いた。嬉しいことをきちんと伝えたいのに、どうしても顔を上げられない。

「うん。どういたしまして」

空気がふわりと揺れる。顔を見なくても彰文が微笑んでいることがわかった。

「さあ、次に行こう！」

手を引かれ歩き出す。

その後は、色々な店を見て歩いた。

最初こそ手を繋《つな》ぐことに気後《きおく》れしていたものの、次第に抵抗感が薄れ始め、気がつくと律花はショッピングを心から楽しんでいた。自分から手を伸ばして彰文を捕まえ、立ち並ぶ店のウインドウを順番に眺《なが》めながら歩く。

夕食は彰文がわざわざ予約をしてくれていたイタリアンレストランに行った。美味《おい》しい料理を平らげて、満腹で帰路《きろ》に就《つ》く。車を運転するからとアルコールを控《ひか》えた彰文に対し、律花はほろ酔いで、いつになく機嫌がよかった。

「——でね、お兄ちゃんたら私が指摘するまで全然気づいてなかったの。ずっと柔軟剤を洗剤代わりにして洗濯してたんだよ」

「それ、俺も経験あるから笑えないな」

「彰文くんも？　やだ、嘘でしょ！」

そんな話をしている間にマンションに到着した。駐車場に車を停めて荷物を半分ずつ持つ。ちなみにこれらのショッピングバッグは、律花の戦利品《せんりひん》だ。

その量を見て、買い過ぎたかもしれないと思ったけれど、不思議と後悔はなかった。きっと今日一日が充実していたからだろう。

「ところで、今日のデートは楽しかった？」

エレベーターを降りて静かな廊下を進み、玄関の鍵を開けたところで、彰文が思い出したように言った。

「うん、とっても！　……え、デート？　私たち、今日デートしてたの？」

「そうだよ」

彰文は当然だというように頷《うなず》く。

「そうだったの……」

デートなんて今までしたことがないから言われるまで気づかなかったけれど、思い返せば、確かにデートっぽかった気もする。

経験のない律花だって、デートがどんなものかくらいは漫画やドラマを見て知っていた。

けれど、デートは付き合っている恋人同士がするものではなかったのか。

彰文とはそんな関係ではないのに、と首を傾《かし》げて考えていると、彰文がふいに顔を寄せてきた。

「知ってる？　デートの最後はキスするんだよ」

え、キス？

「は？　ちょ、聞いてな――」

後ずさりする律花をドアに押しつけ、彰文が顔を近づけてくる。そして薄く微笑《ほほえ》みながら、逃げられないようにと律花の肩を掴《つか》んだ。

覚悟を決めてぎゅっと目を瞑《つむ》った律花の頬《ほお》に、何かが触れた。

「ドキドキした？　それとも唇のほうがよかったかな？」

「へ……はあ？」

「それは次のデートまで取っておくことにしようか」

彼の指が軽く唇に触れ、すっと離れる。

「じゃあ、おやすみ。また明日ね」

彰文は何事もなかったかのように笑うと、自分の部屋へ帰ってしまった。

頬を押さえて呆然《ぼうぜん》と佇《たたず》む律花を置いて。

しばらくしてから、はっと気づく。

「も、もしかしてからかわれた？　私が一度もキスしたことないからって……もう、信じらんない！」

いたずらが成功したような顔で消えていった彰文を思い出して、律花はなんだか悔《くや》しくなった。

4

ある日、突然事件は起きた。

ふいに目覚めた律花は、ぼうっとしながら、なぜか床に転がっていた目覚まし時計を拾い上げた。

その瞬間、戦慄《せんりつ》する。

「うわあ！　寝坊っ！」

律花が慌《あわ》てて自室のドアを開けると、リビングにはいつも通り彰文がいた。

「やあ、おはよう、りっちゃん」

律花の焦《あせ》りなどまるで他人事《ひとごと》のように、悠々《ゆうゆう》とスマートフォンを弄《いじ》りながら、コーヒーを飲んでいる。

「あ……彰文くん！　いるなら起こしてよ！」

「何度も起こしたじゃないか。その度にわかったって答えてただろう？」

「え、あっ。そ、それは……」

思い返せば、起こされた記憶がないわけでもない。何も言えず口ごもる律花に、彰文はわざとらしいため息を零《こぼ》す。

「まったく、五回も起こしたのに。十分前に、今起きないと遅刻確定だよって言ったよね？　りっちゃんは『大丈夫、着替えるから』って言って部屋から俺を追い出したんだよ。その結果がこれ。さあ、誰のせい？」

彼のお小言《こごと》を聞きながら、律花は小走りで洗面所に駆け込んだ。

「彰文くんの鬼っ！」

思わず八つ当たりしてしまう。

「鬼だって？　心外だな。毎朝優しく起こしてるのに」

確かに彰文の言う通りなのだけど、こんなことになったのは自分のせいなのだけれど……でも、五回も起こしてくれたなら、六回目があってもいいのではないかと思う。毎朝起こしてもらうことに抵抗がなくなってくると、どうしても甘えが生じてしまうのだ。

「優しいのがいけないの！　お兄ちゃんはベッドから落としてでも起こしてくれたもん！」

冷たい水で顔を洗い、タオルで拭《ふ》きながら言い返すと、ずっと渋い顔をしていた彰文がぷっと噴き出した。

「ははっ。悪いけど、俺はそこまでできないな。はあ、しょうがない」

彰文はやれやれと呟《つぶや》き立ち上がる。

「十分以内に下に降りてきて」

「えっ？」

「最終兵器を忘れてるよ」

彰文はにやりと笑ってウインクすると、手の平の車のキーを見せた。それは正義の車のキーだ。

「表に車回して待ってるから、玄関の鍵かけるの、忘れないようにして出てきてね」

「あ、彰文くん……！　いいえ、彰文様！　どうもありがとう！」

感謝の気持ちを込めて言うと、彰文はくすくすと笑いながら出ていった。

「助かった。これで遅刻しないで済む！」

律花は兄の車の存在をすっかり忘れていたのだ。寝坊して会社に間に合いそうにないという時、正義も文句を言いながら律花のことを車で送ってくれていた。

そのうち、律花を車で送るのが面倒になった正義は、遅刻しそうになる前に律花を叩き起こすようになったのだけれども。

そんなことを思い出しつつ、鏡の前で素早く髪を直すと、簡単に化粧を終わらせて部屋を飛び出した。

マンションのエントランスに出ると、すでに彰文が車の中で待機していた。

「彰文くん、おまたせ！」

律花は助手席に飛び乗り、ふう、と息を吐《は》く。

「忘れ物はない？　出発していいかな？」

言いながら、彰文はサイドブレーキを押した。

「大丈夫！　でも彰文くんは仕事の時間平気？」

「俺は平気だよ。とはいえ、家に戻る時間はないから今日はこのまま出社かな」

彰文の職場は律花の職場より遠いけれど、方向的には同じらしい。これで逆方面だったら申し訳なさすぎる。

時計を見て、どうやら間に合いそうだと安心していると、今度は空腹に襲われた。そんな律花に気づいたのか、彰文がくすくすと笑った。

「お腹空《す》いた？　りっちゃんの朝食はそこにあるよ」

「え、これ？　いいの？」

横のコンソールボックスには、紙ナプキンにくるまれたジャムのサンドイッチと、コーヒーの入ったタンブラーが置いてあった。

「着くまでゆっくり食べてて」

「ありがとう。彰文くんすごい！」

何から何まで至れり尽くせりだ。正義はもちろんここまでしてくれない。

「いただきまーす！」

しかもサンドイッチは既製品《きせいひん》ではなかった。ということは、彰文が今朝作ってくれたのだろうか。

そんな律花の疑問に気づいたらしい彰文が笑いながら口を開く。

「トーストは冷《さ》めると美味《おい》しくないからジャムサンドにしたんだけど、嫌いだった？」

「ううん、好き」

食べやすいようにわざわざパンの耳まで落としてある手作りジャムサンドを頬張《ほおば》りながら、ふと思い至る。朝食まで用意してあるということは……

「彰文くん、もしかして初めから送ってくれるつもりだった？」

「そうだね。りっちゃんがまったく起きそうもなかったからね」

彰文は笑いながら肩を竦《すく》めたが、全然困っているようには見えない。むしろ、与えられた役目を全《まっと》うすることができて嬉しそうだった。

「ふふっ。私の役に立ったって、お兄ちゃんにいい報告ができそうだね」

「そう？」

「そうだよ！　胸を張っていいよ。あと、さっきは鬼って言ってごめんね。彰文くん全然鬼じゃない。むしろ仏《ほとけ》！」

律花は彰文を褒《ほ》めちぎる。もちろん本心だった。

「あーあー。彰文くんが本当のお兄ちゃんだったらよかったのになあ。私、昔からずっと思ってた！」

「そう……」

褒《ほ》めたつもりだった。

けれど、返ってきた答えは予想に反して、どこか沈んでいた。

信号が赤になり、車が止まる。先程《さきほど》とは打って変わって静かになった彰文が気になり、律花は運転席にそっと視線を向けた。

何を考えているのか、彼の横顔から感情は読み取れない。

静寂の中、歩行者側の信号が点滅し始めるのをじっと見ていると、突然彰文が口を開いた。

「俺は、りっちゃんが正義の妹でよかったたって思ってるよ」

「えっ？」

きょとんとする律花を見つめ、やがてにっこりと微笑《ほほえ》む。

それは先程の会話の続きだったらしい。律花がそのことに気づいた時には、信号はすでに青へと変わっていた。彰文は視線を逸《そ》らすと前の車に合わせるようにゆっくりとアクセルを踏む。

彰文は言った。律花が正義の妹でよかった、と。たまに面倒を見るくらいがちょうどいいということなのか。それとも、こんな妹はいらないという意味なのか。

意図がわからず首を捻《ひね》っている間に、車は見慣れた道に差しかかる。

「もうすぐ着くよ」

「えっ、あ、いつの間に！」

はっとして、律花は急いで残りのサンドイッチを口に入れ、コーヒーで流し込んだ。

そうこうしているうちに車は見慣れた建物の前に停車した。時計を見ると、始業時間の二十分前。

いつ道を覚えたのか、彰文はナビも見ずにマンションから律花の会社までの最短ルートを通っていたのだ。

「送ってくれてありがとう。遅刻しないで済んだ」

「なら明日から毎日送り迎えしようか？」

彰文は笑いながら冗談めかして言う。

「いいってば、もうっ！」

一瞬、名案だと思ってしまったけれど、これ以上甘えるわけにはいかないと考え直した。律花はもう一度お礼を言うと、バッグを肩にかけてドアを開けた。

「あ、りっちゃん待って」

名前を呼ばれて振り返ると、彰文がぐっと体を寄せてきた。近すぎる距離に驚いて身を引く前に、彰文の手が律花の頬《ほお》に触れる。

「口元にジャム付いてるよ」

「やだ、嘘!?」

彰文はそれを親指で拭《ぬぐ》うと、律花を見つめながら舌先でぺろりと舐《な》める。

「りっちゃんの味がする……甘いね」

そんな囁《ささや》きに心臓がとくんと跳ねた。触れられた頬が熱くなる。

彼はただ、指に付いたジャムを舐めただけなのに、いけないことをしているようで落ち着かない。

「俺もジャムサンドが食べたくなってきたな」

そう言って彰文が離れた。律花も呪縛《じゅばく》から解放されたように視線を逸《そ》らす。

「じゃ、じゃあね！」

ばくばくと騒ぎ出す胸を片手で押さえながら、律花は逃げるように車から降りた。後ろ手にドアを閉めると、彰文はわざわざ助手席側の窓を開けてくれる。

「いってらっしゃい。今日も頑張ってね」

にこやかに手を振る彼からは先程《さきほど》の妖艶《ようえん》な笑みは消えていた。

「う、うん……」

おずおずと律花が手を振り返すと車は走り出した。それをしばらく見つめながら、律花は胸の辺りをぎゅっと押さえた。

目を閉じると、今の出来事がフラッシュバックする。

彰文の温かい手、ジャムを舐《な》め取った時の表情。ちらりと見えた赤い舌先はなぜか官能的で、律花の体をぞくりと震わせた。

う、うわあああ！

ぶんぶんと首を振って、律花は頭の中から今の出来事を追い出した。心臓が再び騒ぎ出す。

「何でもないってば！」

くるりと踵《きびす》を返し、ビルの入口に向かう。

何人かの社員が一部始終を目撃していたことに、この時の律花は気づいていなかった。


お弁当を車に忘れたことに気づいたのは、昼休みのチャイムが鳴った後だった。

しかたなく、由奈を捕まえてコンビニへと連れ立つ。由奈より早く会計を済ませた律花は、スマートフォンを弄《いじ》りながら外で彼女を待っていた。

車にお弁当を忘れてしまったことを彰文に連絡し終えると同時に、近くに人が来る気配を感じて顔を上げる。

「あら、片倉さん」

その人物は、同じ経理部の先輩、川原郁子《かわはらいくこ》だった。

長い足が引き立つ膝上《ひざうえ》のタイトスカートに、ワンサイズ小さいのではないかと思えるほどぴたっとしたカラーシャツを着ている。シャツのボタンは二つほどあいていて、つい胸元に視線がいってしまう。

妖艶《ようえん》な魔女――というのは、律花がこっそり付けた彼女のあだ名。

一分《いちぶ》の隙《すき》もないバッチリメイクは若干派手だが、目鼻立ちのよさがわかる。髪は綺麗に巻かれてとても女性らしく、それでいて、できる女という雰囲気を醸《かも》し出していた。

実際、仕事は完璧だ。

しかし、性格はキツい。律花が社内で苦手としている先輩だった。

律花よりも六年ほど早く入社した彼女は、経理部の女性の中では一番年上。下っ端の律花は、いつも眼光《がんこう》鋭く睨《にら》まれ、何かと嫌味を言われている。

今日は何もしていないはず……心当たりはないと思い直し、律花は無理矢理笑顔を作った。

「川原先輩、お疲れ様です……」

そう言いながら、律花はちらりと川原の足元を見た。この細いピンヒールに踏まれたら、きっと痛いだろうな、などと考えながら、川原の返答を待つ。

「ねえ、片倉さんって、いつもどうやって新しい男を捕まえてるの？」

「……はい？」

驚いて顔を上げると、川原は嘲《あざけ》るように鼻で笑った。

「私の同期が今朝見たらしいの。また男変えたんですってね？　純粋なふりして、よくやるわね」

「あ、ち、違います！　彼は兄の友人で――」

律花が言い終わる前に、川原はぷいと顔を逸《そ》らして律花の話を遮《さえぎ》った。

「そうやって男をホイホイ変えられるの、感心しちゃうわ。あ、それとも同時進行だったりして？　どうやってたぶらかすのか今度教えてくれる？」

「なっ……」

それだけ言うと満足したのか、彼女は律花の返事も待たずに背を向け、去って行った。

「な、な、何よそれ！」

嫌味を言われたうえ、誤解を解く隙《すき》も与えられなかった。

「やな感じ！　むかつくっ！」

後からじわじわくる怒りを爆発させていると、会計を終えた由奈がコンビニから出てきた。

「どうしたの？」

「もうっ！　聞いてよ由奈！」

今の出来事を話して聞かせると、由奈はけらけらと笑い出した。

「ドンマイ。川原先輩、この前彼氏と別れたらしいよ。あ、これ秘密ね、私も秘密だからって教えてもらったんだから。今年で三十路《みそじ》に突入するでしょ。だから焦《あせ》ってそんなこと言ったんだと思う。イケメンと縁がある律花を羨《うらや》ましがってるだけなんだから、気にしないほうがいいって」

由奈は労《ねぎら》うように律花の背中をポンポンと叩く。

寝坊はするし、お弁当は車に忘れるし、苦手な先輩には嫌味を言われるしで、今日はとことんツイていないらしい。

「それよりさ、あそこにいるのって経理部の新人君だよね。杉本《すぎもと》君だっけ？　気が強そうだけど、かわいい感じの子だね」

「ああ、うん。席が離れてるからあんまり話したことないけど、先輩たちにかわいがられてるよ。同じミスしても、私だったら怒られるのに、杉本くんは笑って済まされてる」

コンビニにいる杉本を目で追っていると、その視線に気づいた彼が、満面の笑みで手を振ってきた。つられて律花も軽く手を振り返す。こういうところが、かわいがられる秘訣なのかもしれない、と律花は妙に納得してしまう。

猫のような吊り目が印象的な彼は、社内研修を終えて七月から配属された新入社員だった。ふわふわと波打つ髪は、動く度に毛先が軽やかに揺れる。ころころと変わる表情と相まって、まるで犬みたいだなと、律花は密かに思っていた。

川原のもとで指導を受けながら仕事をしているが、まだ学生気分が抜け切っていないのか、仕事中も落ち着きがないらしい。だが、それも若さゆえ、と周囲から温かく見守られているようだ。

「なるほどねー。あの笑顔で手なんか振られちゃったら、年上のお姉様方はメロメロだわね」

由奈は顎《あご》に手を当てて、うんうんと頷《うなず》く。

その時、会計を終えてコンビニから出てきた杉本が、小走りで律花に駆け寄ってきた。

「片倉先輩！　もしかして、俺が会計終わるの待っててくれたんですか？」

「そんなわけないでしょ」

「なんだ、違うのか」

杉本は唇を尖《とが》らせて言う。その様子を見ていた由奈は、楽しそうにくすくすと笑い出す。

「気をつけてね。この子のバックにはこわーい鬼がいるんだから。手出したら食べられちゃうわよ」

にやりと笑って脅《おど》かすように低い声で言う由奈に、杉本もにやりと笑みを返す。

「へぇえ。じゃあ、頑張って鬼退治しなくちゃ」

そう言うと、杉本は手を振って去って行った。

「ちょっと由奈、鬼がいるとか言うのやめてよ！　また変な噂が流れたらどうしてくれるの？」

由奈に文句を言うと、杉本のうしろ姿を見送っていた彼女が、律花に向かって笑いかける。

「ちょっとちょっとー！　もしかして、もしかするんじゃない？」

「え、何が……？」

首を傾《かし》げる律花の背中をバシバシと叩きながら、由奈は楽しそうに笑うだけだった。


仕事が終わると、律花はいつものように駅前のスーパーに寄って夕飯の買い物を済ませ、帰宅した。買い物袋をキッチンの床に下ろし、少し休憩してからエプロンを付ける。

しばらくすると、玄関のドアが開く音が聞こえ、彰文が帰ってきた。

「ただいま」

「おかえりなさい、彰文くん」

彼はいつも自分の家には寄らず、なぜか真っ先にこちらに来る。

夕食は律花の家で食べるからそのほうが都合がいいのだろうけれど、「ただいま」「おかえり」という掛け合いは、まるで一緒に住んでいるみたいだ。それでも違和感なく迎えてしまうのは、昔から知っている相手だからだろうか。

「いい匂いがする。今日の夕飯は何かな？」

彰文はソファーの脇に鞄《かばん》を置くと、ネクタイを緩《ゆる》めながら鼻をひくつかせた。

「ふふ、カレーライスにしました」

「なんだかすごい鍋だね」

彰文はガスコンロにある重厚な鍋を見て、不思議そうな顔をした。律花の背後に立って中を覗《のぞ》き込む。

「レトルトじゃないんだね？」

耳元に吐息を感じて律花はびくりと体を震わせる。

「あ、うん……そうなの」

そんなことを確認するためだけに、彰文はわざわざ律花の背後に回ったらしい。

振り返らなくてもわかる。彰文は今、体温を感じられるほどすぐ近くに立っている。

近い。近すぎる……。

律花は常々、彰文の立ち位置がいつも自分に近すぎると感じていた。

ソファーに座ってテレビを見ている時も、一緒にスーパーへ買い物に行く時も、彼は手を伸ばさなくても触れられる位置に必ずいるのだ。

だから、二人は周囲から仲のいい新婚さんに見えるらしく、スーパーに行くと律花は何度も「奥さん」と声をかけられた。

「でもカレーって作るのに時間かかるんじゃない？　俺はレトルトでも構わないけど」

背中に彰文の気配を感じながら、律花は止まっていた手を動かす。

「だ、大丈夫……圧力鍋ならあっという間にできるから」

具材にある程度火が通ったことを確認すると、律花は分量を計っておいた水を入れ、蓋《ふた》を閉じる。

全ての作業を見逃すまいとでも言うように、彰文がじっと見つめている。その視線を感じながら、律花は圧力調整のレバーが確実に閉まっていることを確認して、コンロの火を強めた。

「えっと……とりあえず、この作業は終わり。待ってる間にサラダを作らなくちゃ」

パンと手を叩いて振り返れば、彰文と目が合う。思わず一歩下がろうとしたけれど、ガス台がそれを邪魔した。

「俺も何か手伝おうか？」

まるで内緒話をするように、彰文が声を落として囁《ささや》いた。ただの手伝いの申し出なのに、なんだかいけないことを提案されている気分になってしまう。

ドキドキと騒ぎ出す心臓に手を当て、唾《つば》をごくりと呑み込んで、律花はカニ歩きで彰文の絡《から》みつくような視線から逃れる。

そして、深呼吸をしながら冷蔵庫を開け、キュウリを一本取り出した。

「そ、そうね……じゃあ、キュウリをスライスしてくれる？　スライサーで滑らせるだけの簡単なお仕事。私はその間にジャガイモの皮を剥《む》いて潰《つぶ》すことにする」

「了解しました、奥さん」

彰文は笑いながら、シャツの袖《そで》を肘《ひじ》までまくりあげた。

「お、奥さんじゃないってば！」

「でも、この前スーパーで試食販売の店員さんと話してた時、『奥さん』って呼ばれてたでしょ？　否定もしなかった」

「そ、それは……豆乳の新しいレシピを教えてもらって興奮してただけで……別に肯定したわけじゃないから！」

語尾を荒らげて言い返すと、彰文は声を上げて笑った。

「もうっ！　キュウリ頼んだからね！」

彰文にスライサーを押しつけるように渡して背を向け、律花は自分の作業に戻った。

途中、ちらりと隣を見ると、彰文は静かにキュウリをスライスしていた。包丁ではないから手が切れるはずはないのに、恐る恐る手を動かしている。やはりキッチンに立つのは慣れていないらしい。

いつも余裕の表情でリードする彼にも苦手なことがあるのだと知って、律花は嬉しくなった。

だって、ここ最近、律花は彰文に動揺させられることが多かったから。

この前のデートの時も……

頬《ほお》にキスをされた翌日、ドキドキしながら顔を合わせたけれど、彰文はいつもと変わらなかった。やっぱりあれは冗談だったのだと確信した。

次のデートでは唇にキスをする……というようなことを言っていた。ただ、もちろんあれも律花を動揺させるための冗談に決まっている。

彰文が律花の唇にキスをしたりするはずがない。だって彰文にとって律花は妹のような存在。彼は正義の代理でここにいるだけなのだから。

そういえば、昔、大学のサークル仲間との飲み会で泥酔《でいすい》して帰ってきた正義に、無理矢理頬に唇を押しつけられたことがあった。酔った正義曰《いわ》く、普段は気恥《きは》ずかしくてできない家族に対しての愛情表現なのだとか。

家まで正義を連れて帰ってきた彰文は、頬にキスされて嫌がっている律花を苦笑いしながら見ていたのだった。

そんなところまで正義を真似なくてもいいのに……

たとえ頬にでも、キスされたら、好意を寄せられているのではないか、と勘違いしてしまう。

まったく……ほんと、失礼しちゃうわよね！

ドキドキした自分がばかみたい。

ジャガイモの味見をして、塩を少しだけ追加しようと手を伸ばした時だった。

「ひゃあっ」

突然、彼の冷たい指先が耳たぶを掠《かす》め、律花は驚いて飛び上がった。

「な、何⁉」

「あ、いや……俺がプレゼントしたピアス、ずっとつけてくれてるんだなと思って」

彰文はにっこりと笑いながら、悪びれもせず言った。

「だって、せっかくプレゼントしてもらったし……私、かわいいピアスはこれしか持ってないから……」

「うん、よく似合ってる」

嬉しそうに笑う彰文に、律花の心臓がとくんと跳ねた。

「そうだ、キュウリのスライスが終わったよ。どうかな？」

「あ、うん、そうね……全部均一の薄さだわ」

スライサーを使ったのだから、当然そうなるのだけれども。

当たり前の感想を言うと、彰文は誇らしげに微笑《ほほえ》んだ。

なんだか小さい子供を褒《ほ》めた時みたい。噴き出しそうになるのをぐっと堪《こら》え、律花は彰文に向き直る。

「手伝ってくれてありがとう。あとは混ぜるだけだから私がやるね」

律花は受け取ったキュウリと潰《つぶ》したジャガイモを混ぜてポテトサラダを完成させた。

それを見ていた彰文は、そうだ、と何かを思い出したように呟《つぶや》くと、キッチンから出ていった。

「りっちゃんが車に忘れていったお弁当なんだけど……」

彰文は鞄《かばん》から律花のお弁当箱を出して差し出した。

「そうだった、すっかり忘れてた」

受け取ると、予想外の軽さに思わず目を瞠《みは》る。

これは――

「ごめん、実は……食べちゃったんだ」

「あ、そうなの。別に構わないけど」

そう言うと、彰文はほっと息を吐《は》いた。怒られるとでも思っていたのだろうか。

「食べてくれたんだ。無駄にならなくてよかった」

「勝手に食べちゃったから、怒られたらどうしようと思ってた」

「やあね、怒らないわよ。忘れたのは私なんだし。むしろ食べてくれてありがとう」

律花は笑って答える。

「美味《おい》しかったよ。昼にちゃんとした食事をしたのは久しぶりだった。それで、お願いがあるんだけど……」

「お願い？」

「もし面倒じゃなかったら、これからは俺の分のお弁当も作ってほしい」

予想外の申し出に律花は目をぱちくりさせる。

「……ダメかな？」

「ううん、ダメじゃないけど……」

あんな手抜き弁当なのに？

「今日、りっちゃんのお弁当を食べたらね、その後の仕事が思った以上にはかどったんだ。やっぱりお昼もちゃんと食事しなきゃなって思って」

「ってことは、いつもお昼は何も食べてないの？」

「何もってわけじゃないよ。栄養ドリンクは飲んでるし」

「そ、そんなの食事じゃないわよ！」

どうやら彰文は、忙しいと昼食を抜いてしまうらしい。

「作るのはいいけど、今日のお弁当食べて気づいたでしょ？　手抜き弁当よ？」

「全然、手抜きじゃなかったよ。嬉しいな、ありがとう！」

彰文は満面の笑みで答えた。

喜ぶ彼を見て、律花もなんだか嬉しくなった。

そうこうしているうちにアラームが鳴り、律花は圧力鍋の火を止める。

「もうできたの?」

興味津々《きょうみしんしん》といった様子で鍋に手を伸ばしてきたので、律花は慌《あわ》ててその手を掴《つか》んだ。

「ダメっ! レバーも蓋《ふた》も私がいいって言うまで触っちゃダメ!」

「触ったらどうなるの?」

以前、兄にも聞かれたことがある。同じ質問をする彰文に、律花は脅《おど》かすように低い声で言い放つ。

「この小さい空間に、膨大《ぼうだい》な圧力がかかってるんだから、急に蓋なんか開けたら大爆発を起こすわよ!」

彰文の顔から笑みが消え、さっと手が引かれる。そんな彼の仕草がおかしくて、律花は堪《こら》え切れずに噴き出した。

「りっちゃん! 騙《だま》したね……」

「ふふっ、あははっ……騙してなんかない! 危険なのは本当。圧力が下がるまでは蓋を開けちゃいけないの。便利だけど扱いを間違えると危ないのよ?」

腕を組み、自慢げにそう言うと、彰文は感心したように律花を見た。

「りっちゃんは……すごいね」

「あら、今頃気づいたの？　私、結構前からすごいのよ？」

二人で顔を見合わせて笑う。しばらくして、圧力が下がったのを確認すると、律花は鍋の中にカレールーを投入してカレーを完成させた。

翌日から、律花はお弁当を二人分作るようになった。特に手間はかけず、夜のうちに作った玉子焼きやウインナー、夕飯の残り物を詰めるだけの簡単なお弁当。日保《ひも》ちのしないものは入れられないため、おかずは代《か》わり映《ば》えしないけれど、それでも彰文は喜んで食べてくれた。

金曜日の夜。律花はクッションを抱えながら、テレビで放映されている映画を見ていた。映画館で見たことのある恋愛ファンタジー。ラストは知っているが、ついつい見てしまうのだ。

「もうっ！　ここで想いを伝えていればよかったのよ。そしたら魔女なんかに惑《まど》わされなかったのに！」

怒りに任せてぎゅうぎゅうとクッションを潰《つぶ》していると、洗い物を終えた彰文が淹《い》れたての紅茶を持って隣に座る。

「そしたら、映画の見せ場がなくなっちゃうよ」

元も子もないことをさらりと言う。熱い紅茶をすすりながら、律花はじろりと彰文を睨《にら》んだ。

それから二人並んで映画を見る。途中から見る彰文にもわかるように律花が解説していると、彼の肩が律花に触れた。

「あのさ、前から言おうと思ってたんだけど……彰文くんっていつも近いよね？　なんて言うか……距離の取り方間違っちゃってると思うんだけど」

「そう？」

どうやら気づいてなかったらしい。

「他の人にも言われたことない？　話してる時、近すぎる、とか」

「言われないよ。りっちゃんだけだからね」

彰文はなんてことないように、紅茶に口を付けながら言った。

「……はあ？」

「だから、一緒にテレビを見たり、俺のお気に入りのレストランに連れていったり、手を繋《つな》いで歩いたりするのは、りっちゃんだけってこと」

一回言葉を切った彰文が口元を緩《ゆる》め、律花を見つめる。

「それから、朝何度も起こしたり、トーストとコーヒーを用意したり、会社まで送り迎えしたりとかね」

「う……いつも色々ありがとうって言わせたいわけ？」

そんなことまで持ち出されて、つい強い口調で言い返してしまう。

「りっちゃんにしかしてないよ、ってこと。だから機嫌直して？」

そして、くしゃりと頭を撫《な》でられた。

「べ、別に怒ってなんかないわよ！　ただね、もしかして他の人にもこんな近くで話してるんじゃないかって心配になっただけで……私は慣れてるからいいんだけど……」

って、何を言ってるの？

もごもごと口ごもった挙句《あげく》、最後にはクッションに顔を埋《うず》めてしまう。何が言いたかったのか、わからなくなった。

でも、これだけははっきりしている。

りっちゃんだけ――

律花はその言葉に安堵《あんど》していた。まるで自分だけが特別だと言われたようで、どこかくすぐったい。

「りっちゃん？」

「え、何？　あ、話の途中だったよね」

ストーリーの説明を続けていると、テレビ画面の上部にテロップが流れた。

「あ、ニュース速報……大雨警報だって！」

「この辺りも範囲に入ってるね。ゲリラ豪雨《ごうう》かな？」

季節が夏に近づくにつれ、天気が急変することが増えてきた。雨ならまだいいけれど、律花は子供の頃から雷が大の苦手だ。

見ていた映画が終わった後、別の映画の予告が流れた。律花が前々から見たいと言っていた映画だった。

「彰文くん、この映画見に行くって約束したの覚えてる？　明日からなんだけど」

「もちろん覚えてるよ。じゃあ明日はデートしようか」

デート、と聞いて頬《ほお》にキスされたことを思い出し、不覚にもドキドキしてしまった。

「もう！　デートじゃないでしょ！」

言い返すと、彰文の表情が陰《かげ》った気がしたけれど、次の瞬間にはいつもの笑顔に戻っていた。

「さて、今日はもう帰るよ。実は仕事がちょっと残ってるんだ」

「え、そうだったの？　だったらもっと早く言ってよ！　映画が終わるまで付き合ってくれなくてもよかったのに」

「俺が一緒に見たかっただけだから……」

微笑《ほほえ》むと、彰文は律花の頭を撫《な》で、立ち上がる。

「おやすみ、りっちゃん。また明日、起こしに来るから」

「あ、うん……おやすみ彰文くん」

いつものように彰文を見送ると、律花はお風呂に入った。

時間をかけて体を洗い、湯船に浸かりながら足を伸ばす。律花は長く息を吐《は》いて浴室の天井を見上げた。

「……デート、か」

ただ映画を見に行くだけだから、そんな大それたものでもないのに、デートと聞くだけでなぜかワクワクしてしまう。

「そうだ！　明日はあのスカートと靴《くつ》にしようかな」

先日、彰文と一緒に買ったスカートと靴は、機会がなくて、まだ一度も身に着けていなかった。

あの靴はヒールが少し高い。手を繋《つな》ぐよりも腕を組んだほうがいいかもしれない。それなら転びそうになってもうまく誤魔化《ごまか》せるはずだ。

「ふふ、私頭いい！」

そんなことを考えながらクスクスと笑って、はっとする。

腕を組むなんて行為は恋人同士ですることだ。

それなのに、妄想の中で彰文と……

「わ、わ、私ってば、何を考えてるの！」

ふと由奈の言葉が脳裏《のうり》に蘇《よみがえ》る。

——幼馴染《おさななじみ》と結婚なんて素敵よ？　今からでも考えてみれば？

数週間前まではまったく考えてもいなかったことだ。彰文と付き合う？　彰文が恋人？

彰文がもし恋人だったら……彼は優しいし一緒にいると楽しい。毎日穏やかに過ごせるし、喧嘩《けんか》だって一度もしたことがない。

「……いい感じじゃない」

でも、何かがひっかかる。何かが違う気がする。

何だろうと考えて、ふと思い至る。

そうだ、彰文は兄のように律花に接している。優しいのは気を使ってくれているから。喧嘩をしたことがないのは、正義と違っていつも一歩引いて譲ってくれるからだ。

実の兄ではない、近しい知り合いのお兄さん——それが彰文。

「そう、だよね……」

律花は落胆した。

「はあ……私、何で由奈の言ったこと、今更、真剣に考えちゃってるんだろ」

湯船に顔を半分ほど沈め、ブクブクと息を吐《は》く。余計な考えを締め出そうとして目を閉じた。

大地を揺るがすような轟音《ごうおん》が鳴り響いたのは、その時だった。

「ひゃあっ！」

律花は反射的に耳を塞《ふさ》いだ。恐る恐る顔を上げると、換気窓の外が光った。その直後に雷鳴《らいめい》が響く。

「や、やだ……嘘でしょ」

耳を澄ますと、窓を叩きつけるような雨の音が聞こえてくる。

律花は急いでバスルームから出ると、用意していたパジャマに着替えた。

「ど、どうしよう……」

どうにかできるものでもないのだが、パニック寸前の律花は落ち着いて考える余裕がない。リビングへと続くドアを開けたところで、何かにぶつかった。

「りっちゃん！」

「え……あ、彰文くん？」

そこにいたのは、帰ったはずの彰文だった。

「大丈夫？　雷が鳴ってるの聞こえたから、もしかして怖がってるんじゃないかと思って」

よろめく律花を彰文が支える。

「髪の毛が濡《ぬ》れたままじゃないか。すぐ乾かさないと――」

彰文が言い終わる前に空が再び光り、律花は彰文に抱き着いた。

「きゃー!」

「大丈夫だから、落ち着いて」

彰文がなだめるように律花の背中に腕を回し、トントンと叩く。

そのままリビングのソファーに連れてこられた。ここが一番、窓から離れているから、と律花が頼んだのだ。

「ごめんね、雷だけはどうしても苦手で……でも、彰文くん仕事するって言ってたじゃない。私はひとりでも大丈夫だから……」

そうは言いつつも、手はしっかりと彰文の服を掴《つか》んでいる。

「こんな状況でほっとけないよ」

彰文は安心させるように律花の頭を撫《な》で、ぎゅっと握っていた律花の手に自分の手を重ねた。

「大丈夫、大丈夫……」

彰文の大きな手の平に律花の手が包まれる。温かさを感じて少しずつ指先から力が抜けていく。顔を上げると、彰文の優しげな目と目が合った。

「俺が傍《そば》にいるから、ね?」

彼は律花の手を持ち上げ、指先にささやかな口づけをしながら囁《ささや》いた。律花が頷《うなず》いたのを見ると、彰文がおもむろに立ち上がる。

はっとした律花は、彰文の手をぎゅうっと握った。

「え、やだ！　傍にいるって言ったじゃない、どこにも行かないって約束したじゃない！」

「何か、飲み物を持ってくるだけだよ。ホットミルクが落ち着くんじゃないかな？」

「いい！　いらない！」

律花は彰文の腰に腕を回して抱き着いた。絶対に離すものかとありったけの力を込めて。

しばらく立っていた彼は諦《あきら》めたのか、律花の隣に座り直した。

「そうだね、りっちゃんがそう望むなら、俺はずっと傍にいる……約束だからね」

――約束する。ぼくがずっと傍にいるから、もう泣かないで。

いつの頃だったか、幼い彰文が律花にそう言ったことがあった。

あれはずいぶん昔。セミを捕まえに行くと言った正義と彰文の後を追いかけて、近くの森に入った時だった。律花は、二人を見失ってしまった。

ひとりで心細い思いでいる中、突然雨が降り雷が鳴り出した。木の陰《かげ》で雨宿りをしながら空を見上げていると、すぐ近くの木に雷が落ちた。

稲光《いなびかり》と轟音《ごうおん》を目の当《ま》たりにし、震えて泣いていた律花を最初に見つけてくれたのは彰文だった。それから彼は、雨がやむまでずっと律花を元気づけてくれていたのだ。

「ごめん……あの時、ぼくがもっと早く駆けつけていれば……気づかなかったんだ、正義が言い出すまで。りっちゃんがぼくたちの後を追ってきてたって正義に聞いて、急いで探しに行ったんだけど……」

あの時のことは近所でもちょっとした騒動になったという。

誘拐されたのでは、と狼狽《うろた》えた母が警察に連絡をしようとした矢先、律花は彰文におぶられて帰ってきたのだ。

彼の背中で眠りこけていた律花が、目覚めて最初に見たのは、目を真っ赤にした兄の正義だった。

正義は泣きながら、律花を抱きしめ何度も何度も謝った。今思えば、正義の心配性はこの時から始まったような気がする。

「私、すごく感謝してるよ。迷子になった私を最初に見つけてくれたの、お兄ちゃんでもお母さんでもなく彰文くんだった」

その時のことを思い出しながら、律花はくすりと笑いを漏《も》らした。

「……あの時から、彰文くんが本当のお兄ちゃんだったらよかったってずっと思ってたよ」

トントンと彰文に背中を叩かれ、その振動が心地よくて、律花はいつしかウトウトし始めた。雷が鳴ってから、怖くてずっと震えていたのに、今はなんだか安心している。恐怖はまったく感じていない。

トクントクン、と聞こえる音は、顔を埋《うず》めている彰文の胸から聞こえる。肌に感じる温かさが、律花を眠りへと導いていく。

雷の音は少しずつ小さくなっていた。

「妹だなんて……思ってないよ」

眠りに落ちる前、耳元でそんな言葉が聞こえた気がした。

5

目が覚めると、律花は自分のベッドで寝ていた。少し開いたカーテンの向こうからは、眩《まぶ》しい朝日が差し込んでいる。

枕元にある目覚まし時計は午前七時を指していた。

欠伸《あくび》を噛《か》み殺しながらふと横を見ると、ベッドに寄りかかるようにして彰文が眠っている。

「えっ……」

驚くと同時に、自分の右手が彼の上着の裾《すそ》を固く握っていることに気づいた。

そうだ、昨夜は突然の雷雨にパニックに陥《おちい》って、仕事があるからと帰ったはずの彰文が戻ってきてくれて……結局、一晩中一緒にいてくれたんだ。

「やだ、どうしよう！」

彰文は帰れなかったのだ。律花のせいで。

手を離すと彰文がかすかに身じろぎする。

「あ、彰文くん？」

「ん……おはようりっちゃん」

「お、おはよう……あの、彰文くん……その、ごめん」

「ああ、もう朝か。大丈夫？」

「うん、私は大丈夫」

そう言うと、彰文は安心したように微笑《ほほえ》んだ。

「昨日は本当にごめんね。雷は昔から苦手で、迷惑かけちゃって……」

「平気だよ。これは俺の役目だから」

そう言いながら、彰文は律花の頭を撫《な》でた。

兄に頼まれているから、彰文は嫌な顔もせず律花の傍《そば》にいてくれたのだ。嬉しいはずなのに、なぜか素直に喜べない自分がいる。

「今日はいい天気だね。昨夜の雨が嘘みたいだ。何時に出ようか？」

彰文は、うーんと背伸びをしながら立ち上がった。

「残ってる仕事はいいの？」

「仕事よりデートのほうが優先。仕事は月曜までに終わらせるから問題ないよ」

シャワーを浴びて着替えてくるという彰文を見送ると、律花も着替えて朝食の準備をすることにした。

「はあ……悪いことしちゃったな」

彼は律花のせいで仕事ができず、そのうえ約束をしてしまったせいで今日は映画に付き合わなければならないのだ。

彰文はどんな思いでいるのだろうか。面倒で厄介《やっかい》な妹？ それとも、少しは楽しんでくれている？

「そういえば、私、昨日は悪夢見なかった」

雷が鳴った日の夜、律花は決まって嫌な夢を見る。暗闇の中でひとり、ずっと何かに怯《おび》えている夢だ。

それなのに昨夜は全然夢を見なかった。もしかして、彰文がずっと手を握ってくれていたから？

律花はつい数分前まで、彰文と繋《つな》いでいた手を見下ろした。

「温かかったな……」

目を閉じて思い返しているだけで、不思議と穏やかな気持ちになった。

彰文が戻って来たのは三十分ほど経《た》った頃だった。私服なのに仕事用の鞄《かばん》を手に持ち、どこか申し訳なさそうに眉じりを下げている。

「早かったのね、彰文くん。どうかした？」

「ごめん……実は会社から呼び出しがあって、すぐに行かなきゃいけなくなった」

「え……土曜日なのに？」

どうやら昨夜の落雷で、彰文の会社のメインシステムがダウンしてしまったらしい。

彼はその復旧作業に駆り出されたようだった。

「夜に招集《しょうしゅう》命令があったんだけど、スマホを部屋に置きっぱなしにしていて、気づいたのがついさっきで……本当にごめん、この埋め合わせは必ずする」

「私のことはいいの。映画は来週でも再来週でも見に行けるし……それより、私のせいで彰文くんが怒られないか心配だわ」

「……りっちゃんは優しいね」

そう言って、律花の頭をくしゃりと撫《な》でる。

「だって、私だって責任感じてるのよ？」

雷に怯え、彰文の手を掴《つか》んで離さなかった。あの時、律花がもう少し落ち着いていたら、彰文は会社からの連絡を見逃さなくて済んだかもしれない。

「大丈夫だよ、心配してくれてありがとう」

彰文は嬉しそうに言って、出ていった。

静かになったリビングで、律花は淹《い》れたてのコーヒーに口を付ける。

「残念、今日一日暇になっちゃった」

律花は自分の服装を見下ろした。彰文と出掛けた時に買った、花柄のフレアスカート。

せっかく着替えたのに、出番がなくなってしまった。

しかも彰文は律花の服装に気づいてくれなかった。

「まあ、急いでたし、しょうがないけどさあ……」

思った以上にがっかりしている自分に気づき、ため息を吐《つ》く。

ひとりきりの家は静かで、なぜかいつもより広く感じた。遠くから聞こえるセミの鳴き声と、子供の声に耳を傾《かたむ》けながら目を閉じる。

彰文が隣に引っ越してきてもうすぐ一ヶ月が経《た》つ。前まではひとりの休日なんて何度もあったのに、どうして寂しいと感じるのだろう。

「この家、こんなに静かだったかな……」

コーヒーを飲み干すと、律花は冷蔵庫から食パンを取り出した。ハムとチーズが目に入ったので、サンドイッチを作ることにする。

鼻歌まじりにパンの耳を落とし、バターを塗って具材を挟んで食べやすい大きさにカットする。余ったパンの耳は、ブラウンシュガーをたっぷり使ってラスクにした。

出来立てのラスクを口に放り込むと、甘くサクサクしていて美味《おい》しい。

「彰文くんも食べるかな？」

そして、サンドイッチとラスクをテーブルに並べてはっとする。

「しまった、いつものように二人分作っちゃった！」

どうしようと腕を組みながらサンドイッチを見ていると、テーブルに置いていたスマートフォンが鳴った。彰文だった。

「もしもし？」

『りっちゃん、その辺に茶封筒《ちゃぶうとう》ないかな？』

「茶封筒？」

周囲を見回すと、見慣れない封筒がテーブルの端《はし》に置いてある。

『今日の作業に必要なのに忘れたみたいだ』

「じゃあ私が持っていこうか？」

『でも……いや、頼めるかな？　手が離せないんだ』

「もちろんよ！　どこに持っていけばいい？」

彰文の役に立てることが嬉しくて、律花は通話を終えると急いで出掛ける準備を始めた。

「そうだ、サンドイッチも持っていこう！　差し入れしたら、彰文くん喜んでくれるかも！」

彰文の喜ぶ顔を想像しながら、くすくすと笑いを漏《も》らす。律花はうきうきして家を出た。

電車を乗り継《つ》いで辿《たど》り着《つ》いた先は、同じようなビルが立ち並ぶオフィス街。住所が間違っていないか確認してから、彰文の会社があるビルに入る。

「えっと、七階だっけ……」

エレベーターから降りて廊下を進み、彰文の会社のドアを開けた。

「りっちゃん！　ここまで迷わなかった？」

律花に気づいた彰文が急いで駆け寄ってくる。

「平気よ。それより、はいこれ」

封筒を手渡すと、彰文はほっとしたように微笑《ほほえ》む。

「助かったよ、本当にありがとう」

「あ、うん。それと――」

サンドイッチも渡そうとしたけれど、フロアの奥から彰文を呼ぶ声が聞こえてきて、律花は手を止めた。

「ああ、ごめん……下まで送ってあげたいんだけど」

「忙しそうね。私はひとりで帰れるから大丈夫」

「わかった。気をつけて帰ってね」

彰文は名残惜《なごりお》しそうに戻っていった。

「サンドイッチ、どうしよう……」

彼の姿が見えなくなった後、律花はそっとため息を零《こぼ》した。その場に立ち尽くしていると、ふと視線を感じ、振り返る。

そこには、疲れ切った様子で栄養ドリンクを手に持った、中年の男性が立っていた。警戒するような表情を向けられ、律花は慌《あわ》てて頭を下げる。

「こんにちは、えっと、私、忘れ物を届けに来て――」

「ああ、君ひょっとして望月の？」

「あ、はい、そうです！」

彰文の名前が出て、律花はほっと胸を撫《な》で下ろした。

その男性は打って変わって人懐《ひとなつ》っこい笑みを浮かべながら、律花に近づいてくる。彼はスーツは着ているものの、頭はボサボサで、無精《ぶしょう》ひげを生やしていた。

「わざわざご苦労様。暑い中大変だったでしょ？」

「あ、いえ……そうだ。これ、彰――望月さんに渡してくれませんか？　サンドイッチ、作ってきたので」

律花がサンドイッチの入った袋を渡すと、彼は笑みを深めた。

「へええ、噂の彼女の手作りサンドイッチか。羨《うらや》ましいな」

「え――」

「あいつ、引っ越してから新婚かってくらい帰るの早くなってな……ん、まだ結婚してないよな？」

「あ、いや……め、めっそうもないです！」

頬《ほお》が赤くなるのを感じながら、律花はぶんぶんと首を横に振った。結婚以前に、律花と彰文は恋人でもない。

焦《あせ》る律花を見て、彼は楽しそうにけらけらと笑いだす。

「ああ、自己紹介が遅れてすまない。俺は望月の直属の上司で部長の徳田《とくだ》だ。君の名前は？」

「あ、片倉律花です」

手を差し出されて握手を交わす。すると、徳田は律花の手を引いて言った。

「律花ちゃんね……あの望月を骨抜きにした女性を見てみたいと思ってたんだが、アイツ、君のこと絶対話してくれないんだわ。ケチだろ？」

「は、はあ……」

律花は曖昧《あいまい》な返事をしたが、そんなことにはお構いなしに徳田は続ける。

「先週からはとうとう弁当まで持ってくるようになった。これには驚いたが、効果は抜群だったな」

「へ、効果ですか？」

「そう、愛妻弁当の効果。弁当が元で、望月が同棲《どうせい》を始めたことが知れ渡ってね。もう、女子社員たち阿鼻叫喚《あびきょうかん》！」

愛妻弁当？　同棲？

「……ええっ」

どうやら、彰文の引っ越し理由や律花の存在を勘違いしているらしい。違うと否定しようとしたものの、律花が口を挟む隙《すき》を与えず、彼は話し続けた。

「望月は男前だからな。ほら、あの顔で、さりげない優しさを見せられたり、さわやかな笑顔を向けられれば、女の子なら誰だって惚れちゃうだろ？　仕事中でも女の子からデートのお誘いなんか受けてたみたいだが、今はそういうのも少なくなってな。まあ、同棲始められちゃ、打つ手ないからな。俺も助かってる。君のお陰《かげ》だ！」

徳田にバシ、と背中を叩かれ、律花は笑って誤魔化《ごまか》した。

そう言われてしまうと、真実を伝えるべきか迷う。本当は、律花は彰文の彼女ではないのだけれど、そう思われていれば彰文のためになるというなら、口を噤《つぐ》んで恋人のふりをしていたほうがいいのではないか。

俯《うつむ》いて考えていると、徳田が内緒話をするように律花に体を寄せてきた。

「どうしたんだい、心配事？」

「あ、えっと……」

人懐《ひとなつ》っこい笑顔で問われて口ごもる。けれど、間違いは正さなければ、と律花は思い切って顔を上げた。

「お弁当を作ってるのは私ですけど、彰文くんの彼女じゃないんです」

「え、そうなの？　アイツ、何も否定してなかったけど」

「それは……そういうことにしておいたほうが、きっと都合がいいから」

「でも、いつも一緒にいるんだろう？」

「一緒にいるのは……私が妹みたいな存在だからで……」

言っているうちに、なぜか落ち込んできた。

肩を落としていると、徳田がポン、と律花の肩を叩いた。

「律花ちゃん――」

徳田が何かを言おうとした時、聞き覚えのある声が聞こえた。

「部長！」

はっとして顔を上げる。奥のフロアへと続くドアから彰文が顔を出したのだ。その場にいる律花に目をとめ、驚いたように眉間《みけん》に皺《しわ》を寄せる。

「りっちゃん……帰ったんじゃないの？」

いつもより低い声は、怒っているようにも聞こえる。

「あ、うん。サンドイッチ持ってきたんだけど、渡す前に彰文くん行っちゃったから、部長さんに渡して……」

「そうそう。お前が下まで送ってやらないから、面倒な部長に捕まっちゃったんだ」

徳田がサンドイッチの入った袋を持ち上げ、冗談まじりに続ける。

「ね、律花ちゃん？」

ばちんとウインクされて、律花はおずおずと頷《うなず》いた。

「それよりさ、妹みたいなもんだなんて思ってるのは君だけかもよ？」

「えっ……」

耳元で囁《ささや》かれ、ドキリとする。

「ちょ、部長！」

その意味を聞き返す前に彰文に手を引かれ、徳田から離されてしまった。

「りっちゃん！　よりによってどうして部長と……セクハラされてない？」

焦《あせ》ったような様子の彰文を見て、律花ははっとする。

「セ、セクハラ⁉」

驚いて徳田を見ると、彼はニヤニヤしながら腕を組んだ。

「おいおい、望月。俺を何だと思ってるんだ？」

「だって今、彼女の匂いを嗅《か》いでましたよね」

「してねえよ！　俺は変態かっつの！」

「おいで、りっちゃん」

無視すんな！　と叫ぶ徳田に背を向けて、彰文は律花の手を引いた。

「え、ちょ、彰文くん？　……あの、では失礼します！」

律花は軽く頭を下げる。

彰文に腕を引かれながらも、律花の頭の中では徳田の言葉がぐるぐると回っていた。

妹みたいなものだと思っているのは、自分だけかもしれない？

それはつまり、彰文にとって律花は妹ではなく特別な存在なのではないか、ということだろうか……

律花はドキドキしながら彰文の背中を見つめていた。

エレベーターホールまで律花を連れて行くと、彰文はボタンを押してこちらに向き直った。

「何か嫌なこと言われなかった？　いるって知ってたら、すぐ助けに行ったのに……ごめん、ちゃんと下まで送ればよかった」

「私は平気よ。普通に話してただけだし。あ、でも……」

何だか気恥《は》ずかしくて、俯《うつむ》いたまま口ごもる。

「何？」

「……その、私、彰文くんの彼女だって間違われた。夕食とか、お弁当作ったりしてるからだよね」

「あ……」

ちらりと見ると、彰文はばつが悪そうに律花から目を逸《そ》らした。

「気を悪くしたなら謝る……ごめん。俺はただ、肯定も否定もしなかっただけで……」

「え……あ、なあんだ、そうだったの！」

律花が彼女だと思われていることは、彰文にとっては特に意味はなかったのだ。

もしかして自分は彰文にとって特別な存在かもしれない――なんて、そんなことあるはずないのに。

「そっか……そうだよね。彰文くんの彼女になる人は私みたいなのじゃなくて、もっと美人で仕事もできて、自信に満ち溢《あふ》れてるような人だもんね」

勘違いしてしまったことが恥ずかしくて、そしてそれを彰文に知られたくなくて、律花は彼が口を挟む隙《すき》を与えずに続ける。

「どこからどう見たって、私は彰文くんの彼女には見えないのに。笑っちゃう。私なんて、彰文くんに迷惑かけることしかできないのにね」

考えるより先に口から出てきた言葉に、なぜか悲しくなった。

「りっちゃん……もしかして怒ってる？」

そんな律花を見て怪訝《けげん》に思ったのか、彰文は心配そうに顔を覗《のぞ》き込む。

「え、怒ってなんかないよ！」

「そう？　なんだかいつもと様子が違うし、さっきから目を合わせてくれないから。それとも他に何か言われた？」

「他？　ううん……な、何も！」

徳田に言われたことは黙っておくことにした。冗談を本気にしてしまったなんて、恥《は》ずかしくて口が裂けても言えない。

しばらくするとエレベーターが到着した。彰文に続いて律花も乗り込み、奥の壁に背中を預ける。

「はあ……」

なんだろう……私、さっきからおかしい……

けれど律花には、いくら考えてもその理由がわからない。

胸にモヤモヤを抱えたまま俯《うつむ》いていると、彰文が律花の前に立った。

顔を上げると同時に彼は距離を縮め、逃げ道を塞《ふさ》ぐかのように壁に両手をつく。

「今日のその服、俺のため？」

「えっ……あ、えっと………」

「俺のため？」

もう一度問われ、律花は迷った挙句《あげく》、視線を彷徨《さまよ》わせながらこくりと頷《うなず》いた。

「予定変わっちゃったけど、映画行くって言ってたから、その……」

ふわりと空気が揺れる。ちらりと彰文を見ると、彼は微笑《ほほえ》んでいた。

「とてもよく似合ってる」

声を落として言い、ぐっと顔を寄せてきた。額《ひたい》が当たりそうなほど近い。

「あ、彰文くん……？」

普段よりもヒールの高いサンダルを履《は》いているせいで、いつも以上に彰文を近くに感じた。

もしも恋人同士だったら、きっとキスをしているだろう――そんな、甘い雰囲気に呑み込まれてしまいそうになる。

そう、律花があと少しだけ背伸びをするだけで……

って、何考えてるの！

かあっと頬《ほお》が熱くなる。我に返った律花は慌《あわ》てて彰文を押した。

「ね、ねえ……前にも言ったよね。近いってば彰文くん、もう！」

くすくすと笑いながら、彰文は少しだけ体を離す。

「あのね、りっちゃんに大事な話があるんだ」

彰文は表情を改めると、真正面から律花を見つめた。

「大事な話？」

その時、エレベーターが一階に到着した。それなのに彰文は黙ったまま律花を見つめ、動かない。

「彰文くん……エレベーター着いたよ？」

いつもと様子が違う彰文にドキドキしながら、律花はごくりと唾《つば》を呑み込んだ。

「えっと、話って何？」

「……いや、帰ったらにしよう。いつもより遅くなると思うけど、大丈夫かな？」

「あ、うん……何時くらいになりそう？」

「残念だけど夕飯には間に合わないかな。終わったら連絡するから、待っていてほしい」

「わかった、待ってる」

そう言うと、彰文は嬉しそうに微笑《ほほえ》みながら律花を解放した。

「話って？　話って一体何……？」

駅に向かいながら、律花は今しがた起きたことを何度も何度も脳内でリピートしていた。

彰文の表情や口ぶりから察《さっ》するに、嫌な話ではないのだろう。けれどそれが何なのかは、まったく想像できない。

もしかして——という思いはもちろんあった。だけど律花は考える度に「ありえない」と打ち消した。だって彰文は、正義に頼まれて律花の傍《そば》にいてくれているのだから。

その時、スマートフォンが鳴った。由奈からの電話だと確認して通話ボタンを押す。

『もっしー、律花今夜ヒマ？　急なんだけど一緒にご飯行かない？』

「え、ご飯？　今夜？」

由奈の話によると、有名レストランの食事券が手に入ったとのことだった。

『どうしても来てほしいの！　絶対に後悔させないから！』

「でも……」

彰文は残業で夕飯はいらないと言っていたので今夜はひとり。ならばちょうどいいかもしれない。

「わかった。行くよ」

『よかった。結構いい店なんだ。とびきりオシャレしてきてね！』

含みのある言い方が気になったけれど、律花は待ち合わせの時間と場所を聞いて通話を終わらせた。

「オシャレしてきてって言われても……まあ、この服で十分だよね」

彰文には、友達と食事に行くとメッセージを送った。

街をぶらぶらしてカフェで時間を潰《つぶ》した後、待ち合わせ場所に向かうと、先に来ていた由奈が律花に気づいて手を振る。

「来る時に、保護者代理に何か言われた？」

「彰文くんに？　食事に行くって連絡しただけだけど……」

そう答えると、由奈はにんまりと笑った。

「ならいいわ。実は、なんと、これから合コンでーす！」

「は、合コン……？　ええっ！」

「さあ、気合入れて行くわよ！」

驚く律花に腕を絡《から》ませ、ぐいぐいと引っ張りながら歩き出す。

「ちょ、合コンってどういうこと？　どうして電話で教えてくれなかったの！」

「だって律花、嘘つくの下手じゃない。合コンだなんてバレたら大変でしょ？」

「だからって――」

「いつかの約束通り合コンに誘ってあげたんだから、文句言わないで」

由奈はそう言うと立ち止まり、律花を上から下まで見た。

「うん。これなら誰にも負けないわ！」

「ちょ、ちょっと……」

確かに合コンには行きたいと思っていたし、機会があれば誘ってほしいと由奈に頼んでいた。けれど、よりによって今夜だなんて……

「由奈、私――」

「この期《ご》に及んで断る気じゃないでしょうね!?」

「………わ、わかった、行く」

ギロリと睨《にら》まれ、律花はしぶしぶ従った。

「はあ……」

こんな気持ちのまま合コンに参加しても、楽しめないのに……

律花のその考えは正しかった。メンバーが揃《そろ》って自己紹介しても、乾杯して美味《おい》しそうな料理がテーブルに並んでも、ついつい考えてしまうのは彰文のこと。

彼は、帰ったら話があると言っていた。それが一体何なのか、気になって気になってしかたがないのだ。律花はひたすら悶々《もんもん》としていた。

「律花ちゃん、さっきから心ここにあらずだけど、どうかした？」

「えっ？」

横から声をかけてきたのは、自己紹介で村田《むらた》と名乗った男性だった。美容師をしているという彼は、短くツンツンに立たせた髪を茶色に染めている。

最初は向かいの席に座っていたのだが、いつの間にか律花の隣に移動してきたようだ。

そうだ、今は合コン中……律花は気持ちを切り替えようと、村田に微笑《ほほえ》みかけた。

「別に、大したことじゃないんで……」

「そう？　じゃあ、飲んで飲んで！」

言われるがままグラスを空《から》にすると、村田がすぐさまお代わりを注文してくれる。

「疲れたような顔してるね。今日は仕事だったの？」

　仕事、と聞いて彰文を思い出してしまい、律花はぶんぶんと頭を振ってそれを締め出した。

「ううん、そうじゃないんですけど、朝から色々あって……」

　色々、とは全て彰文に関することだ。律花の心に侵入してくる彼を、どこか遠くに追いやる術《すべ》はないのか……律花は静かに嘆息《たんそく》した。

「悩みがあるなら力になるよ？　話すだけでも気持ちが軽くなること、あるでしょ？」

「あ、いえ……大丈夫なんで、気にしないでください」

　律花は弱々しく微笑《ほほえ》むと、目の前の揚げ物に意識を向けた。

「わあ、これ美味《おい》しそう。村田さんも食べますか？」

　お皿に取り分けながら、律花は村田や周りの人の会話に相槌《あいづち》を打ち、雰囲気を壊さないよう笑顔で乗り切った。

　二時間後、長かった合コンがやっと終わった。疲労困憊《ひろうこんぱい》した律花が駅に向かって歩き出そうとすると、突然由奈が律花の腕を掴《つか》む。

「ちょっと、せっかくの合コンなのに、ここで帰るなんて言わないでよね。これから二次会行くんだから」

「ええー！」

　時計を見ると八時。彰文はまだ仕事をしているのだろうか。スマートフォンをチェックしたが、メールの返信はない。

どうしようかと考えていると、由奈が顔を寄せて囁《ささや》く。

「村田さんともいい雰囲気じゃない！　ここで帰ったら何も進展しないわよ」

「で、でも……」

正直、合コンも村田もどうでもよかった。けれど、幹事である由奈に直接それを伝えるのは憚《はばか》られる。

「何よ、せっかく誘ったのに付き合い悪いわね！　保護者代理にうしろめたいってわけ？」

「そ、そうじゃないけど！」

図星をさされて、律花は思わず否定した。

「平気よ、バレやしないわ。さあ、行くわよ！」

結局、由奈に押し切られる形で二次会に参加することになってしまった。

周りはお酒の勢いもあってか、ずいぶんと盛り上がっていた。そのテンションについていけず、律花は端《はじ》の席で静かにグラスを傾《かたむ》ける。

「律花ちゃん、少し話さない？」

するると、村田が律花の隣に移動してきた。取りとめのない話をしているうちに時間が経《た》ち、時計を見ると九時半を過ぎていた。

もうそろそろお開《ひら》きだろうかと思い、周囲を見回したが、終わる雰囲気ではなさそうだ。

「はあ……」

思わずため息を吐《つ》くと、村田がくすくすと笑う。

「さっきからそわそわしてるね？」

「え？　あ、いや……」

「俺がうまく言っとくから、先に店出なよ」

驚いて見上げると、村田はいたずらを思いついたような顔で笑っていた。

どうやら彼は、律花が帰りたがっていることに気づいて、店から出るのを助けてくれようとしているらしい。

「あの、ありがとうございます！」

お礼を言い、そっと席を離れる。

そんな律花に目ざとく気づいた由奈が何か言っていたけれど、村田がうまく取りなしてくれた。

「はあ、ようやく出られた」

店の外に出ると、律花は大きく息を吐《は》きながらスマートフォンを取り出した。彰文にメッセージを送ろうとしてふと手を止める。

「もしまだ仕事中だったら迷惑かな……」

どうしようかと迷っていると、背後からぽんと肩を叩かれる。振り返ると、村田が誇らしげに笑っていた。

「安心して、みんなにはうまく言っといたから」

「え、はい？」

「抜け出したかったんだろう？　こういうのも合コンの醍醐味《だいごみ》だよね」

そう言いながら、行こう、と律花の手を掴《つか》んだ。

彼は何か勘違いしている――そう察《さっ》した律花は、慌《あわ》てて腕を引きながら口を開いた。

「あ、あのっ」

すると突然、背後から律花の腕が引かれる。バランスを崩してよろけた律花を抱き抱えたのは、ここにいるはずのない人物――

「えっ、彰文くん⁉」

彼は律花の肩を抱き寄せると、挑むように村田を睨《にら》み付けた。

村田は、自分の手からするりと抜けた律花と、そのうしろの彰文を交互に見ながら目を丸くしている。

「帰ろう」

一言呟《つぶや》くと、彰文は律花の肩を押して歩き出した。早足の彼に合わせるように小走りになりながら、律花は言葉を探す。

「えっと……彰文くん、あの――」

けれど、彰文の硬い表情に気圧《けお》されてしまい、結局何も言えずに押し黙った。

車はすぐ側の路肩《ろかた》に止めてあった。律花を助手席に押し込むようにして乗せると、彰文は運転席に回って乗り込む。淡々とした表情でシートベルトを締め、キーを回してエンジンをかけた。

その間、彰文は一度も律花に視線を向けなかった。かなり怒っている、というのは雰囲気で伝わってくる。

「あ、彰文くん……？」

しばらく走ってから、律花が恐る恐る呼びかけると、彼はため息を吐《つ》いた後に口を開いた。

「どうして？」

「な、何が？」

「俺には友達と食事に行くって言っておいて、本当は合コン？」

「え、あ――」

背中にひやりとしたものが流れた。今更ながら、律花は彰文の怒りの原因に気づいたのだ。

「そのスカート、本当は俺のためじゃなくて合コンのためだったんだね」

「ち、違う！　私は由奈と食事に行くつもりだった！」

「もしりっちゃんが友達と飲みに行くと言ったら、それはデートか合コンだから気をつけろって、正義に言われたんだ。まさか、りっちゃんがそんなことするわけないって思ってたけど、俺が間違っていたみたいだ」

「そ、それは……」

否定できなかった。正義には何度かそんな嘘をついたことがあったからだ。けれど今回は違う。

「お願い、聞いて。合コンだって知らなかったの！」

彰文には信じてほしい――そう祈りながら律花は必死に説明をする。

「私だって合コンだって知ってれば行かなかった。急に電話で由奈に食事に誘われて、行ってみたら合コンで、人数が足りなくなるからって強制的に参加させられて、それで――」

「どちらにせよ、参加することに決めたのはりっちゃんだろう？」

律花の言葉を遮《さえぎ》って、彰文がそう続けた。

「断ろうと思えばできたのに、しなかった。自分で決めたんだ。他人《ひと》のせいにするのはよくない」

「で、でも……」

確かに、彰文の言葉は正しい。律花は自分で合コンへの参加を決めたのだ。

ど、どうしよう……

彰文は、律花が自分に嘘をついて合コンに参加したのだと思っている。

彼のいつもと違う様子を目の当《ま》たりにして、律花は慌《あわ》てた。こんな彰文は初めてで、どう対処していいのかわからない。

とにかく、これ以上の言い訳は逆効果。けれど謝れば自分の非を認めることになる。

――それは、なんとなく嫌だ。

ぐるぐると思考を巡《めぐ》らせた末、律花は話題を変えることにした。

「そ、そうだ、今日は大変だったね。仕事は無事終わったの？」

なるべく明るい声で言おうとしたけれど、声が裏返ってしまった。

「終わったよ」

そっけない返事が返ってきただけで再び沈黙が訪れる。車内は重苦しい雰囲気に包まれた。

律花は息を吸うと、笑顔を作ってもう一度話しかけた。

「あ、あと話があるって言ってたよね？　気になるから今教えてほしいな？」

「あれは……俺の勘違いだったみたいだ。忘れて」

「そう、なんだ……わかった……」

取《と》り付《つ》く島《しま》もない、とはこのことだ。律花はがっくりと肩を落とした。

彰文は完全に怒っている。

友達と食事に行くと伝えておきながら合コンに行ったのは事実だ。言い訳のしようがない。けれど、それは律花にとっても不本意なこと。そう考えるとどうしても納得ができない。

再び静寂が訪れた車内で、律花は窓の外を眺《なが》めながら呟《つぶや》いた。

「何で私が怒られなきゃいけないのよ……」

エンジン音にかき消されるほどの小さな声で言ったのに、彰文には聞こえていたらしい。

「当たり前だろう。黙ってこんなことをして。りっちゃんを信頼してたのに、俺は騙《だま》されてたんだ」

「な、何よそれ！　私だって知らなかったって、何度言ったらわかるのよ！　それに、もし合コンだって知って行ったとしても、それをいちいち彰文くんに報告しないといけないわけじゃないでしょ？」

正義と同じようなことを言い始めた彰文にかっとなり、律花はすかさず言い返した。

結局、彰文も兄と同じなのだろうか。妹が勝手をするとすぐ怒る。自分の思い通りに行動しないと邪魔をする。

もう、うんざりだ。

「私のことはほっといてよ。私は大人よ、もう二十三歳なの！　いつまでもお兄ちゃんや彰文くんの後をついて回る子供じゃない。自分で何でも決められるし、ひとりで何だってできるの！」

「嘘をついて合コンに行く――こんなことをする人が大人？」

「い、言ったわね！」

小ばかにしたような言い方に、律花の怒りが爆発した。

「彰文くんだって、会社の人に私が彼女だなんて嘘ついてたじゃない！　おあいこでしょ、何で私だけが悪いみたいに言うわけ？　自分はよくて私はダメだなんて横暴《おうぼう》よ！」

「話をすり替えないでくれ。今問題にしてるのはそういうことじゃないだろう」

冷静だけど、怒りを含んだ声音で彰文が言う。

「一緒よ！　彰文くんは会社で私のことを同棲中《どうせいちゅう》の彼女だって嘘ついてる！　私は彰文くんの中では嘘ついて合コンしたことになってるんでしょ！　嘘つき同士よ。何が違うの？」

「りっちゃん、いいかい――」

「どうして合コンに行っちゃいけないの？　私だって恋人が欲しいの。愛し愛されて幸せを分かち合ってみたいの。お兄ちゃんにも彰文くんにも、迷惑なんてかけてない！」

それは、ずっと溜《た》まっていた兄に対しての憤《いきどお》りだった。それを律花は彰文にぶつけてしまった。

はっと気づいて、謝るべきかと迷っていると、彰文はそんなことは意に介さないといった様子で律花を一瞥《いちべつ》し、息を吐《は》いた。

「少し落ち着いたほうがいいよ」

「――っ！　そうね、そうするわよ！」

律花はぷいと顔を逸《そ》らし、腕を組んで窓の外へ視線を移した。

車は信号で止まり、また静寂が訪れる。

なかなか信号が変わらず、彰文はイライラするようにハンドルを指でトントンと叩いていた。

そのイライラの原因は、間違いなく律花だ。

律花だって、本当は彰文とこんな言い合いなんてしたくなかった。

どうしたら、意固地にならずに話を続けることができるのだろうか……すでに後悔の波が押し寄せてきていた。小さく息を吐き、目を瞑《つむ》る。

そもそも、どうしてこんなことになってしまったのか……一次会の店を出た後すぐに帰ればよかったのだ。そうすれば彰文に見つかることはなかった。

　そこでふと疑問が湧《わ》いた。

　律花は、彰文に伝えたレストランとは違う店にいた。それなのに、どうして彼は居場所がわかったのだろうか。

　律花は彰文に視線を向けた。

「どうして私のいる場所がわかったの？」

「――は？」

　彼は驚いたように目を見開き、律花を凝視《ぎょうし》した。

「だから、連絡したレストランとは違う場所にいたのに、どうしてわかったの？」

「それは…………知ってたから」

　律花の視線から逃げるように前を向くと、彰文はゆっくりとアクセルを踏んで車を走らせた。

　何かを隠している――律花は直感でそう感じた。

「まさか、私のことずっとつけてたの？」

「そんなこと、するはずないだろう」

「じゃあどうしてわかったの？　仕事してたんじゃないの？」

「してたよ」

「だったらどうして？　今、言ってたよね。私が伝えたお店と違うところにいるのを知ってたって。それで仕事が終わった後、様子を見に来たんでしょ？」

　彰文は無表情のまま、前を見据《みす》えている。

「……あの店は大通りにあるから、入口に立っていれば、すぐりっちゃんが出てきたってわかる」

「質問の答えになってないけど？」

「それ以外に言いようがない」

　彰文は、それからも律花の質問をかわしながら車を走らせ続けた。

「さあ、着いたよ」

　結局、車がマンションに到着しても、彰文は口を割らなかった。

　何が何でも聞き出してやる、と律花も引く気はない。

「……言うまで降りないから」

「話したじゃないか」

「何をよ！　……ねえ、本当に今日仕事してたの？」

　目を細め、疑わしげに彼を見つめていると、しばらくの沈黙の後、彰文は額《ひたい》を押さえながら静かに呟《つぶや》いた。

「スマホ……」

「はい？」

「りっちゃんのスマホに、追跡アプリが入ってる」

「……追跡、アプリ？　何それ？」

「相手がどこにいるか、現在地を調べるアプリだよ。GPSと連動してる」

「……はあ？」

急いでスマートフォンを見てみるが、そのようなアプリは見当たらない。

「何でそんなアプリ……どれよ。一体いつ入れたの？」

「俺じゃない」

「じゃあ誰よ！」

「そのスマホは、誰に買ってもらったの？」

「これは、お兄ちゃんが、就職祝いにって……」

そう、このマンションで一緒に住み始めた頃、気前よく最新型のスマートフォンを買ってくれたのは、正義だった。しかも面倒そうな初期設定まで、律花の代わりにやってくれた。

「ま、まさか……じゃあお兄ちゃんが？　ひょっとして、いつも合コンや飲み会の邪魔をできたのは……」

彰文を見ると、彼は申し訳なさそうに頷《うなず》いた。

「彰文くんは……このこと知ってたの？」

「ああ、正義に聞いていた。でもそれは、りっちゃんのためで――」

ふつふつと怒りが込み上げてくる。

「し、信じらんない！　私にはプライバシーがないわけ？」

「いや、そうは思ってない。けど、こういうことがあるからって正義は心配してるんだ。もちろん俺だって心配してる。できれば使いたくなかった」

それを彰文に使わせたのは、律花が信用されていないから？

今まで信頼関係が築けていたと思っていたのは、律花の勘違い？

一緒に過ごして、前よりも仲良くなれたと思っていた。彰文の好きな食べ物も、嫌いな食べ物も知った。テレビを見てどのタイミングで笑うのかも、もう知っている。

信頼してたのに――ふと、彰文の言葉が蘇《よみがえ》る。

信頼してたのに。それはこっちの台詞《せりふ》だ。

彰文は律花を信頼なんてしてなかった。疑っていたから、ＧＰＳで律花の居場所を調べた。

彰文は、隣に引っ越してきてから今日まで、律花のことをずっと疑っていた。

その事実に衝撃を受けた。自分の中で、何かが音を立てて崩れていくように感じた。

「……結局、彰文くんも、お兄ちゃんみたく私を管理したいのね。朝から晩まで行動を見張って、家事や掃除をやらせて自由を奪って……すごい便利よね、お弁当まで作るんだもん！」

「俺はそんな風に思ったことはない！」

いつも温厚な彰文が、初めて声を荒らげた。そんな彼に驚きつつ、律花は言い返す。

「じゃあ、いつも私のことどんな風に思ってたの？」

「それは……」

予想外の質問だったのか、彰文は何かを言いかけて止めた。そして迷うような素振りを見せた後、静かに呟《つぶや》いた。

「……大事に思ってる」

その言葉の意味を、律花はよくわかっていた。つまり、彰文も兄と同じ考えだということだ。「大事に思っている」と言いながら、律花を管理しようとしている。

「よくわかった。もういい！」

律花はシートベルトを外すと車を降り、急いでマンションのエントランスへと向かった。

「りっちゃん！」

声が聞こえたけれど振り返らず、エレベーターのボタンを押す。すぐに扉が開き、乗り込もうとした瞬間に彰文に腕を掴《つか》まれた。

「りっちゃん、待って。話を聞いて」

「帰ったら話したいって、このことだったのね！」

「違う、そうじゃない！」

彰文の手を振り払い、律花はエレベーターに乗り込む。

「もう、顔も見たくない！」

そして、彰文を残したまま扉を閉めた。

目を閉じると、彰文と一緒に過ごした日々が蘇《よみがえ》ってくる。

朝起きた時や、夜眠る前、毎日いつも一緒にいた。

一緒に買い物に行って、一緒に夕食を食べて、一緒にテレビを見て笑い合った。

どれも楽しい思い出ばかり。

それなのに、自分は彰文に信頼されていなかった。それがたまらなく悔《くや》しくて、悲しい。

もしかしたら自分は彰文にとって特別な存在なんじゃないかと、律花はどこかで期待していた。けれど――

「そうよ、最初からお兄ちゃんの代理だって言ってたじゃない……」

勝手に勘違いして浮かれていたのは律花のほうだ。彰文は最初から最後まで、憎らしいほどに兄の代理を務めていた。

じわりと視界が霞《かす》む。ぐっと奥歯を噛《か》みしめて、込み上げてくるものを必死に堪《こら》える。

エレベーターが到着すると同時に駆け出し、部屋に入るとすぐに鍵を締めて、普段は使わないチェーンもかけた。

息を切らしながら、靴《くつ》を脱いで床に投げつける。彰文と一緒に出掛けた時に買った靴だ。走りにくくて、ここまで来るのに何度も転びそうになった。

ドアに背中を預け、ずるずるとその場に座り込む。

花柄のスカートに皺《しわ》が寄ったけれど、どうでもいいとさえ思った。そのスカートの上に、水滴が落ちる。

その夜、律花はひとり声を押し殺して泣いた。

6

ふと目を覚ますと、カーテン越しの窓の外が明るくなっていた。時計は午前五時半を指している。眠りが訪れたのは三時半頃だったので、まだ二時間しか経《た》っていない。

もう少し眠ろうと寝返りを打ち、目を瞑《つむ》った。けれど、いつまで経っても睡魔《すいま》は訪れず、それどころか次第に脳が覚醒《かくせい》していく。

何度か寝返りを打った後、結局律花は、重い体をのそりと起こしてベッドから這《は》い出た。

あの合コンの日からずっと、眠れない夜が続いていた。目を閉じると、ついつい彰文のことばかり考えてしまう。やっと眠れたと思ったら、彰文の夢を見る。

夢の中でも彼は渋い顔をして律花をじっと見つめていた。笑ってくれていれば、少しは救われるのに。

「はあ……」

ドアを開けると、そこには誰もいない静かなリビングが広がっている。

改めてひとりだと実感しながら、洗面所へ行くついでにテレビをつけた。顔を洗っている時に聞こえてきたアナウンサーの声で、今日が金曜日なのだと知る。

「明日で一週間か……」

あの合コンの日から一週間、律花はずっと彰文を避けている。

その間、彼は何度も訪ねてきたり、数え切れないほど電話やメッセージを送ってきたけれど、律花は全て無視した。

二日前は、会社から帰ると、彰文が部屋の前で待ち伏《まぶ》せをしていた。

エレベーターを降りてきた律花に気づいた彰文は、遠慮がちに笑ったが、律花は立ち止まると腕を組んで彼を睨《にら》みつけた。

「私、怒ってるんだけど」

本当は口で言うほど怒ってない。けれど、怒っているふりをしていないと、きっとまた泣いてしまうと思った。

「ちゃんと話をしたいんだ」

「話って何?」

「それは……色々、謝ろうと」

「何を謝るの? 私を散々利用していたこと? それとも都合のいいことばかり言って私をいいように管理していたこと? そうしてたって認めるつもりなの?」

彰文は唇を引き結び、眉を顰《ひそ》めた。

「そうじゃないなら謝らないで。この場を取り繕《つくろ》うための、口先だけの謝罪なんていらない」

自分でも酷《ひど》い言いぐさだと思った。

「りっちゃん――」

「あと、いい加減りっちゃんって子供みたいな呼び方もやめてくれない？　私、もう子供じゃないって言ったでしょ」

彰文は、衝撃を受けたように目を見開いた。

さすがにこれは言いすぎたかもしれない。けれど、今更撤回《てっかい》なんてできない。

律花は彰文から目を逸《そ》らすと、バッグから鍵を取り出し、玄関のドアを開けた。

律花だって胸が痛くて苦しい。できることなら全て水に流して、以前のように楽しく過ごしたいと思う。

けれど律花は知ってしまった。一緒に夕食をとるのも、休日のデートも、お弁当を作らせたのも、全て律花を管理するためにしていたことだった。知らず知らずのうちに律花は、自由を奪われていたのだ。

彰文はずっと律花を疑っていた。

きっと、いつもＧＰＳを使って律花の居場所を探っていたに違いない。これは律花の想像だけれども、彼が謝ってきたら、それが事実だと認めたことになる。

だから謝ってほしくない。そうじゃないと否定してほしい。

そんなことを考えながらも、律花は彰文が呆然《ぼうぜん》と立ち竦《すく》んでいる間にドアを閉めてしまった。

律花は、彰文と向き合うことから逃げたのだ。

これは一昨日の出来事。それから今日まで彰文とは会っていない。

ブラックコーヒーを飲み干すと、律花は出掛ける支度《したく》を始めた。

「ううっ、苦い……」

この一週間、彰文に会わないようにと、律花は一時間早く家を出ていた。

「彰文くんに起こされなくなった途端《とたん》、眠れなくて早起きしちゃうなんて皮肉なものね」

ひとり呟《つぶや》きながら、そっとチェーンを外し、音を立てないようにゆっくり鍵を回した。

ドアを開け、彰文の部屋をちらりと見てから、周囲を見回し、静かに廊下を歩いた。

八月は早朝でも外は暑い。じっとりと汗ばむような空気を肺にいっぱい吸い込んで吐《は》くと、セミの声を聞きながら駅までの道を歩き始めた。

時間が早いせいか、すれ違う人はまだいない。まるでこの世界に自分ひとりしか存在しないように感じてしまう。

いつもより一時間早い電車は空《す》いていた。律花は吊《つ》り革《かわ》に掴《つか》まりながら、窓の外の景色をぼうっと見続けていた。

寝不足のせいで、仕事でもちょっとしたミスを連発するようになった。主任に呼び出され、体調が悪いのかと心配されてしまったほどだ。しっかりしなきゃと思うのにうまく頭が働かず、すぐにまた同じようなミスを繰り返す。どうしても集中できない。自分でも嫌になってしまう。

そんな律花にいち早く気づいた由奈も、何事かと気にしていた。

「ねえ、今週ずっと様子がおかしいけど、やっぱりこの前、私が合コンに誘ったのが原因？」

「違うよ。まあ、合コンのことは間接的な原因ではあるけど、本当の理由は別にあるの。だから由奈は気にしないで」

「でも……律花が、明らかにいつもと違うから気になるんだって」

そんなことないよ、と由奈に笑いかけて、律花はこの話を終わらせた。

川原が律花のデスクの上に書類の束《たば》を投げつけたのは、業務終了のチャイムが鳴る五分前だった。

「一体これは何よ」

「えっ……これは、頼まれていた、昨年度の費用を算出したものですけど」

「昨年？　一昨年の間違いでしょ？」

「そんなはずは……あ！」

投げつけられた書類を見ると、指摘された通り年度が違っていた。おそらく内容も一昨年のものだ。

「す、すみません！」

とうとうやってしまった……顔面蒼白《がんめんそうはく》になりながら謝ると、頭上から、はあ、とため息が聞こえてくる。

「これ、月曜日の朝の打ち合わせで使うのよ？」

「はい、あの……今から直します」

「そう、だったらちゃんと間に合わせてよ。言っておくけど、持ち出し禁止の資料なんだから、家でやろうとか考えないでちょうだいね！」

「はい……」

律花が答えると、川原は満足そうに微笑《ほほえ》み、足早に去っていった。

「もう最悪……」

書類を見下ろし、律花はがっくりと肩を落とす。

散漫《さんまん》する集中力をかき集めてなんとか作成した書類だったけれど、元の資料そのものが違っていたなんて。

　すると、今の様子を隣の席で黙って見ていた先輩の北山が、椅子《いす》を近づけ、律花に耳打ちするように体を寄せた。

「ねえ片倉さん。それ、昨日の朝に完成させて渡したやつでしょう？　それを何で川原さんは今持ってきたのよ」

「さあ……？」

　律花が首を傾《かし》げると、北山は眉根を寄せて川原の背中をじっと見つめた。

「きっと、嫌がらせに決まってる！　片倉さんを残業させるために、わざと今日のこの時間に持ってきたのよ！」

　ちょっと言ってくる、と席を立とうとした彼女の腕を掴《つか》み、律花は慌《あわ》てて止めた。

「いいんです！　ミスした私が悪いんですから……」

「でも――」

　北山は納得していない様子だったけれど、座り直して腕を組み、首を傾げた。

「最近、片倉さんに対して風当たり強いわよね。何か川原さんに恨まれるようなことでもした？」

「えっと、してないです……」

　そうは言ったものの、心当たりがないわけではない。川原に一方的に敵視されていることに、律花はうすうす気づいていた。

あれは、寝坊して彰文に会社まで送ってもらった時。嫌でも目立つ兄に代わって現れたのが、これまたイケメンの彰文だったせいで、社内でちょっとした噂になってしまった。川原はきっとそれが気に食わないのだろう。

そうこうしているうちに終業のチャイムが鳴ってしまう。手伝おうと言ってくれた北山の申し出を丁重《ていちょう》に断ると、律花は昨年度の資料を集め直して作業を始めた。

終わったのは二時間後だった。ミスがないか何度も確認してから川原のデスクに置き、帰り支度《じたく》を始める。

スマートフォンを見ると、新しいメッセージが三件と着信が一件。律花はそれを確認せずにバッグに押し込んだ。

重い足を引きずりながら外に出て、ビルに囲まれた狭い空を見上げる。ちらつき始めている星を見つめ、足を止めた。

「帰りたくないなあ」

送られてきたメッセージは彰文からだろう。内容もだいたい察《さっ》しがつく。今日までは仕事があったから昼間家を空《あ》けていられたが、とうとう明日は休日だ。

帰ればきっと彰文が待っている。

——この場を取り繕《つくろ》うための、口先だけの謝罪なんていらない。

そう言った時の、彰文の悲しそうな顔を思い出して、律花は眉を顰《ひそ》める。あんな顔をさせたかったわけじゃない。でも、謝罪の言葉はどうしても聞きたくなかった。

心配だから。大事だから。

本来なら嬉しいはずの言葉なのに、彰文に言われると胸の奥がきゅうっと締めつけられるように痛んだ。彼にとって律花は、心配の種であり、面倒を一任されている大事な親友の妹。

それ以上は、何を望んだって叶《かな》わない。それがたまらなく辛かった。

そんなことを思っていると、ふいに名前を呼ばれた。律花はきょろきょろと辺りを見回す。

「律花ちゃん！」

振り返ると、先週の合コンで知り合った村田がいた。彼は手を振りながら小走りで駆けてきた。

「村田さん、どうしてここに？」

「あれ、由奈ちゃんから聞いてない？　メッセージを送っておいたって言われたんだけど」

「え、やだ、嘘！　スマホ見てなくて……」

バッグからスマートフォンを取り出して確認すると、彰文の他に、由奈からのメッセージが届いていた。メッセージには、村田が律花と話をしたがって、会社の前で待っているというようなことが書かれていた。

律花が顔を上げると、村田は両手を顔の前で合わせて頭を下げた。

「この前はごめんね！　あの後、厳しいお兄さんがいるって由奈ちゃんに聞いたんだ。だから急いで帰ろうとしてたんだね。俺、勘違いしちゃって」

「え、あ……はあ」

彼は、律花が帰った理由を由奈から聞いたという。彰文は律花の本当の兄ではないけれど、ややこしい説明は省《はぶ》いたのか、村田は少し勘違いしていた。

「違うんです。あの人は兄じゃなくて……」

掻《か》い摘《つ》まんで説明すると、村田は笑って納得したように頷《うなず》いた。

「そういうことか、安心した。実は今日ね、この前のリベンジしたくて待ってたんだ。これからご飯に行かない？」

「え、ご飯ですか……今から？」

「そう。お兄さんじゃないなら許可なんていらないよね？」

「それは、別に……」

脳裏《のうり》に浮かんだ彰文の顔を、律花はぶんぶんと頭を振って打ち消した。

「はい、許可なんて必要ありません！」

自分のことは自分で決められる。許可なんて必要ない。だから、連絡する必要もない。

そう自分に言い聞かせ、拳《こぶし》を固く握った。

「行きましょう、ご飯に！」

まだ帰りたくない、という思いも手伝って、律花は村田と食事に行くことにした。

二人で向かった先は駅の近くの居酒屋だった。和をコンセプトにしているらしく、席は畳《たたみ》の掘りごたつで、隣のテーブルとはすだれで仕切られている。店に入った律花は、今更ながら、兄と彰文以外の男性と二人きりで食事に来たのは初めてだと気づいた。

もしかして、これが本当のデート？　それとも、食事だけならデートなんて言わない？

「そんなところで突っ立って、どうしたの？」

「あ、いえ！」

二人きりだと意識した律花は、そわそわしながら奥の席に座った。それから和紙と千代紙で綺麗に装飾されたメニューを開く。そこには、律花の知らないお酒の銘柄《めいがら》が書かれていた。焼酎や日本酒ばかりで、律花が飲めそうなものは見当たらない。

けれど村田は、そんな律花の様子に気づかず、二人分のお酒と料理を素早く注文してしまった。

「え、あ……」

去りゆく店員のうしろ姿を唖然《あぜん》と見送っていると、村田が律花に向き直って言った。

「お酒も食事も俺のおすすめがあるんだ。ぜひ堪能《たんのう》して！」

「あ、あの、今頼んだのって日本酒ですよね？　私、お酒ってあんまり飲めなくて……」

律花が確実に飲めるアルコールは、カシスオレンジくらいだ。

「え、ダメだった？」

「ダメっていうかその、飲んだことがないので、できればジュースで割ったものがいいんですけど」

「ああ、それなら心配いらないよ。飲みやすいの頼んだから」

「でも……」

村田に押し切られてしまい、律花はそっと嘆息《たんそく》した。

しばらくして店員が運んできたものは、涼しげな江戸切子《えどきりこ》の青い徳利《とっくり》とお猪口《ちょこ》だった。

小さなガラスの芸術品を手に持ち、思わず見惚《みと》れていると、村田はくすくすと笑いながらお猪口に冷酒を注《つ》いでくれた。

乾杯、と器を合わせた後、律花は手の平よりも小さい入れ物になみなみと注がれた透明の液体を見つめ、そっと口を付けてみる。

飲み込んだ途端《とたん》、喉《のど》がかっと熱くなり、思わずむせてしまう。

けれど、喉を通り過ぎると、心地良い陶酔感《とうすいかん》に包まれた。いつも同じ飲み物しか頼まない律花にとって、これは新鮮な味だった。

「……意外と美味《おい》しいですね」

「そうだろう？」

村田は笑って律花のお猪口に酒を注ぎ足した。

酒と一緒に運ばれてきたお通しは高野豆腐《こうやどうふ》で、とても美味しかった。どんな調味料を使っているのだろうと考えながら、ぱくぱくと口に運んでいく。

「わあ、美味しい」

次々に運ばれてくる料理はどれも絶品で、律花はひとつひとつに感動しながら箸を伸ばす。

明日の夕食に和食を作ってみたら、彰文は喜んでくれるだろうか……と考え、律花ははっとしてぶんぶんと頭を振る。

夕飯なんて作らない！　この味は、独り占めしてやるんだから！

「ところで今日は残業してたんだね。仕事忙しいの？」

「あ、いえ、いつもはそうでもないんですけど、ちょっとミスしちゃって……」

「はは、何しちゃったの？」

「実は……」

村田はタイミングよく相槌《あいづち》を打ちながら律花の話を聞いてくれた。それに気をよくした律花は、気づけば長々と仕事の愚痴《ぐち》を零《こぼ》してしまっていた。

「っと、ごめんなさい。こんな話、聞いててもつまらないですよね」

そんなことはないよ、と村田は笑い、冷酒の追加を注文しながら、また律花のお猪口《ちょこ》に酒を注《つ》いだ。

「それにしても、酷《ひど》い先輩もいたもんだね」

「そ、そうなんです！」

話を聞き終えた村田が同調してくれたのが嬉しくて、律花はテーブルに身を乗り出した。

「もう、酷いですよねぇ！　でもやっぱり自分のせいでもあるから、何も言い返せなくて……」

ちょっとした嫌がらせもあったのかもしれないが、残業の原因は、元はといえば注意力散漫《さんまん》だった律花にある。そして、どうしてこうなったかといえば……堂々巡《めぐ》りの考えにいらっとして、律花は注いでもらったばかりの酒をぐいとあおる。

知らず知らずのうちに、飲むペースが少しずつ早くなっていたようだ。

村田はどんどん酒をすすめ、律花は注がれるままに飲み干す。彼が何度か追加注文をしていたことには気づいていたけれど、酔いが回っていたこともあり、あまり深くは考えなかった。

「大丈夫？　飲みすぎちゃった？」

しばらくすると、どこからかそんな声が聞こえてきた。

「う……ん……」

律花は今、ふわふわと心地のよい波間を漂《ただよ》っていた。

腕を引かれ、立ち上がろうとすると、かくんと体が傾《かたむ》いた。

「おっと」

耳元で聞こえた声にはっとする。村田のほうに倒れかかっていたことに気づいた律花は、急いで彼から離れた。

「すみま、せん……」

けれど次の瞬間、またぐらりと視界が揺れて、再び村田に支えられてしまう。

「無理しないで。そうだ、ちょっとどこかで休んだほうがいいんじゃないかな」

そのまま律花は、村田に支えられる形で居酒屋を後にした。

どこをどう歩いているのかはわからないが、村田に腕を引かれながらどこかに向かっていることだけは確かだった。そのうち彼は、律花の手を引いて建物の中に入った。

「大丈夫？　あと少しなんだけど、階段上れる？」

……階段？

どうして？

顔を上げると、村田が律花の肩を抱き寄せて、すぐ近くに立っていた。

「あれ……村田、さん？」

どうして階段なんかを上らなければならないのかと思いながら、律花はとろんとした目で彼を見つめ返す。

「……律花ちゃん」

すると村田は、律花の肩を抱く手に力を込め、ぐいと引き寄せる。迫ってくる彼の顔に驚いて、咄嗟《とっさ》に体をのけ反《ぞ》らせた。

「え……ちょ、ま、待って……ください」

律花は腕を伸ばして村田を押し返す。けれど力が入らず、彼の胸を軽く押しただけだった。

「む、村田さん、急に何ですか？」

「何って、わかるだろ？」

「わ、わかりません」

そう言うと、村田は眉間《みけん》に皺《しわ》を寄せて律花をまじまじと見下ろした。

「酔い覚めちゃった？　……まあいいや。とりあえず部屋行こう」

「え、部屋って――」

はっとして律花は周囲を見回した。

　そこは、どこかのマンションかホテルのようなエントランスだった。照明は抑えられ、そこから続く廊下はうす暗い。足元に小さな明かりがあるだけで、壁に光るブラックライトの模様は異彩《いさい》を放っている。どこか異質な雰囲気を感じる空間に律花は息を呑んだ。

「……ここ、どこ？」

　誰かいないだろうかと視線を巡《めぐ》らせると、外へと続く自動ドアの横に無人のフロントがある。そしてその横壁には、大きな液晶パネルがはめ込まれていて、室内を映した写真が表示されていた。

　かすかな危機感を覚え、後ずさると、村田がその分距離を詰める。

　彼は、びくりと反応する律花を面白そうに見返した。

「部屋は二階だよ。ここで話すのもなんだから、上に行こう。ね？」

　言い聞かせるように囁《ささや》き、律花の肩を抱き寄せる。

「い、いえ……あの、私……」

　もしかしてここは、ラブホテルというところだろうか。

　気づいた途端《とたん》、顔がかあっと熱くなる。

「赤くなっちゃって、かわいいね。我慢できなくなっちゃうから早く部屋に行こう？」

　頬《ほお》を染めたまま硬直していると、村田が再び顔を寄せてきた。律花は彼の胸元を押し返す。しかし、足元がふらつき、彼を突き放すどころか自分を壁へと追いやってしまった。

「ごめんなさい。私、飲みすぎちゃったみたいで……もう大丈夫なので、か、帰ります」

「はあ？　ここまで来て帰るだって？」

みるみるうちに村田の表情が強張《こわば》り始めた。

「ふざけんなよ。もう部屋取ったって言っただろ？　さっさと来いよ」

冷たい目に射竦《いすく》められて、怖くて足が竦む。逃げ出したいのに、体が恐怖で固まり、思うように動いてくれない。

「わ、私……」

言い終わる前に、村田がバンと壁を叩いた。律花を睨《にら》みつけながらゆっくりと体を寄せてくる。

「む、村田さん……？」

「あのさあ、ここまで来て本気で何もしないで帰るつもり？　嫌がるふりはかわいいけど、やりすぎはうざいよ」

腕を掴《つか》まれ、強引に引かれる。目の前には上階へと続く階段がある。

もしも上ってしまったら――

この先どうなるかは、経験のない律花でも容易に想像がつく。ぞくりと肌が粟立《あわだ》ち、背筋には悪寒《おかん》が走った。

「やだっ！　離して！」

力いっぱい腕を振ると、彼の手が離れた。その隙《すき》に踵《きびす》を返してよろよろと走り出す。

出入口の自動ドアが開くのを待っている間に、村田が迫ってきた。

恐怖におののきながら、律花は急いで自動ドアを通り抜けようとした。その瞬間、何かに激突した。

「きゃっ」

よろめく律花を、ぶつかった相手が支えた。そのまま腕を掴《つか》まれ、ぎゅっと抱きしめられる。

「や――やだ、やだっ！　離して！　いやーっ」

パニックに陥《おちい》ってじたばたと暴れると、その相手は腕に力を入れて律花を胸の中に閉じ込めた。

「りっちゃん、落ち着いて！」

聞きなれた声に顔を上げれば、彰文だった。

「え、あ――」

ここまで走ってきたのか、いつも綺麗に整えられている髪は乱れ、ネクタイは緩《ゆる》んだままだ。ワイシャツのボタンも外れていて、袖《そで》は強引にまくり上げられ、皺《しわ》が寄っている。

いつもきちんとスーツを着こなしている彼らしからぬ姿だった。

彰文は肩で息をしながらも、律花の背後にいる村田に目をとめた。自分の背中に律花を隠し、村田から庇《かば》ってくれる。

「はあ……勘弁してくれよ。何でまたお前がこんなところに現れるんだよ！」

村田が悪態《あくたい》をつく。律花は自分のスマートフォンに入っている追跡アプリを思い出した。削除の仕方がわからず、放っておいたままだったのだ。きっとそれが、律花のもとへ彰文を導いてくれたのだろう。

「彰文くん」

ほっとして、彼の服をぎゅっと掴《つか》む。

彰文は村田をきっと睨《にら》んだ。

「律花には二度と近づくな」

「はあ？　何言ってんだ？　聞いたらアンタ、兄貴じゃないんだってな。だったらその子がどこで何しようと、関係ないだろ」

「関係あるから言ってるんだ」

冷静だけど、確実に怒りをはらんだ声音に、律花も身を竦《すく》ませた。こんな彰文は初めて見るからだ。

「いい加減、律花ちゃんのこと追いかけ回すのやめたら？　俺たちはこれからアンタ抜きでやることがあるんだよ！」

村田は彰文に圧倒されつつも、負けじと声を荒らげた。

「大方《おおかた》、酒に酔わせでもして連れてきたんだろう。いいか、互いの合意がなければ強姦《ごうかん》罪《ざい》だ。今すぐ警察を呼んでもいいんだぞ」

「そんなの——」

言いかけて、分が悪いと気づいたのか、村田はぐっと押し黙った。

それを見て息を吐《は》くと、彰文は律花の肩を抱き、村田に背を向ける。

「行こう」

二人は建物から出た。少し歩くと、路上に車が停めてあった。

彰文は律花を助手席に座らせ、ぐるりと回って運転席に乗り込んだ。そして律花に向き直り、息を吐いて顔を覗《のぞ》き込む。

「もう大丈夫だよ。怖かったね」

そう言われて、自分がガタガタと震えていたことに気づいた。

「りっちゃん？」

「あ、うん。だ、だいじょう……」

言い終わらないうちに、律花の目から涙がぽろぽろと零《こぼ》れ落ちた。涙と共に、押し留めようと思っていた気持ちまでもが溢《あふ》れ出てしまう。

「こ、怖かった……私、帰ろうとしたのに……でも、帰してくれなくて、どうしようって、思っ――」

けれど、言い終わる前に彰文に抱きしめられた。強い力で息が詰まりそうになる。これでもう大丈夫だと安心した律花は、強がることも忘れて嗚咽《おえつ》を漏《も》らしながら涙を流した。

「心配したんだよ。顔を見るまで、ずっと生きた心地がしなかった……」

彰文の声が体に直接響いてくる。顔は見えないけれど、抱きしめる腕の強さから、ものすごく心配させてしまったことがわかった。

「ごめ、なさ……」

涙で掠《かす》れた声しか出せず、律花は彰文の肩に額《ひたい》を押しつけた。

「よしよし、もう大丈夫。もう怖くないよ」

彰文は、小さい子供をあやすように、律花の背中を優しく撫《な》で続けた。

なんだか、前にも似たような出来事があった気がする。

昔、森で迷子になった時、怖くて心細かった律花のもとに、彰文は駆けつけてくれた。

あの時は、嬉しくて、心強くて、安心した。

その時と同じような安心感と心地よさを感じて、律花は目を閉じた。

昔からずっと、律花の近くには彰文がいた。目が合うと、彼は必ず優しげな笑顔を向けて話しかけてくれた。再会した今もそれは変わらない。

ずっと一緒にいて、兄のように慕っていた人。

彼を想うと、時には苦しくて切なく、時には嬉しくて楽しくなる。

単純なようでいて不可解な感情。

……ああ、そうか。

今わかった。やっと気づいた、自分の想いに。

好き。

想いに気づいた瞬間、胸の内側から、温かい感情がとめどなく溢れ出てくる。

嬉しくてくすぐったいような、息苦しくて悲しいような、不思議な感情だった。

──好き。

私は、彰文くんのことが好き。兄のような存在としてではなく、特別な存在として。

こんな簡単なことに、今更気づくなんて。

彰文のことは昔から知っていて、一緒にいるのが当たり前だった。あまりにも近くにいすぎて、律花は自分の本当の気持ちに気づけなかった。

体を離して見上げると、彰文は優しげな表情を浮かべ、律花の目元を指で拭《ぬぐ》った。

「落ち着いた？」

「……うん」

そう言いながらも、どうしても離れがたくて、律花は彼の胸元にこつんと額を押しつけた。

「本当に無事でよかったよ、まったく……」

律花の背中に腕を回しながら、彰文は柔らかい口調で言う。

その声からは怒りを感じない。むしろ、優しさが滲《にじ》み出ている気がした。

彰文が好き……改めて律花はそう確信した。と同時に、好きな男性に大胆なことをしているということにも気づいた。

「も、もう大丈夫！」

律花は顔を上げて、彰文から手を離した。

そこでふと目が合い、思い切り逸《そ》らしてしまう。

ああもう、何やってんの！

好きだと気づいてしまうと恥《は》ずかしさが先行して、どうしても顔が見れない。壊れたのかと思うくらいばくばくと騒ぎ始めた心臓を押さえながら、律花はただ俯《うつむ》いた。

彰文は、急に離れた律花に驚きつつも、頭を軽く撫《な》でてから、名残惜《なごりお》しそうに髪をひと房《ふさ》すくい、手を離した。

「……うん」

それから、ごそごそとポケットを探ったかと思うと、ハンカチを差し出す。律花はお礼を言ってそれを受け取った。

律花が落ち着きを取り戻した頃を見計らって、彰文は車を発進させた。

車内から窓の景色を見ていると、おもむろに彰文が口を開く。

「連絡が取れないし心配したんだよ。どうして家に帰らないでこんなところにいるんだい？　それに……結構飲んだ？」

律花はぎくりと体を強張《こわば》らせる。

「えっと、それは……」

本当は言いたくない。自分でも愚かなことをしたと思っているから。

けれど彰文は、律花が話すのをじっと待っている。誤魔化《ごまか》せそうになかった。

諦《あきら》めたように息を吐《は》くと、律花はおずおずと口を開いた。

「えっと、日本酒を飲みすぎちゃったみたい」

「……はあ。何でそんなもの。飲めないだろう？」

彰文は額を押さえて息を吐いた。やはり、呆《あき》れられてしまったようだ。

「本当にごめんなさい」

律花は肩を落としてしゅんとうなだれた。

「りっちゃん……」

赤信号で車が止まると、彰文が口を開いた。お叱りの言葉が続くだろうと思い、律花は身構えたが、次の瞬間、ふわりと頭を撫《な》でられる。

驚いて顔を上げると、彰文は苦しそうな表情で律花を見つめていた。

「いや、謝るのは俺のほうだ。元はと言えば、家に帰りづらいと思うような状況を作った俺のせいなんだから。危険な目に遭《あ》わせて、ごめん」

そんなことない、と否定しようと口を開きかけた律花を制して、彰文は続ける。

「この前は言いすぎた。ついかっとなって、嫌な言い方をしてしまった。話もろくに聞かずに喧嘩《けんか》腰で……りっちゃんが俺に嘘をついたのかと思って……冷静になれば、そんなはずないってわかるのにね。本当にごめん」

「ううん、私も悪かったから」

そう言うと、彼は苦笑いする。

「他にも、りっちゃんに酷《ひど》いことしたって自覚してる。GPSを使ってまで居場所を調べたんだ。やられたほうからしてみたら、怒るのは当然だ」

「でもそれは……私を心配してくれたからでしょ？　彰文くんはお兄ちゃんの代理として当然のことをしたんだよ」

自分で言っておいて、ズキンと心が痛み、思わず俯《うつむ》く。彼にとって自分は、妹でしかないのだと改めて感じた。

息を深く吸ってゆっくりと吐《は》き、胸の痛みをどうにかやり過ごすと、笑顔を張りつけて前を向く。

「今日も使った？」

「……ごめん。心配で……」

眉根を寄せて苦しそうに言う。

「いいの。そのお陰《かげ》で私は助けてもらったんだから。もう怒ってないし気にしないで」

律花が笑顔を向けると、彰文も力なく微笑《ほほえ》み返した。

信号が変わり、再び車が動き出す。見慣れた景色を眺《なが》めながらも、律花はモヤモヤした気持ちのままため息を吐《つ》いた。


それから数十分後、車をマンションの駐車場に停めると、彰文は降りて律花の隣に並んだ。気遣うように手を引かれ、エレベーターに乗り込む。

部屋に着くと、律花をソファーに座らせ、紅茶を淹《い》れてくれた。

「ありがとう」

お礼を言ってカップに口を付けると、彼は隣に座り腕を組んだ。

「さて、ここからは、留守を預かってる立場として言わせてもらうよ」

「え……ええっ！」

そう前置きした彰文は、律花の不服そうな顔を見下ろし口を開く。

「いいかい、りっちゃん。男はみんなオオカミなんだ。優しそうだと思っても絶対信用するな。二人きりになるなんてもってのほかだ」

正義がいつも言ってたじゃないか、と話す彼の姿は、まるで兄そのものだった。

先程《さきほど》までの和やかな雰囲気は跡形もなく消え、今、律花の目の前にいるのは、兄の仮面をかぶった彰文だ。

「あ、うん。それは、そうなんだけど……」

男はオオカミ――それは正義に散々言われてきた言葉だった。

ただの脅《おど》し文句だと思っていたけれど、それが本当だということを、つい先程、身をもって知ったばかりだ。律花は怖い思いをしたし、十分反省していた。

それなのに改めて注意されて、むくむくと反抗心が芽生えた。ついさっき好きだと意識した人に妹扱いされて、余計に反発したくなってしまう。

「だって……こんなことになるなんて思わなかったんだもん。村田さんいい人そうだったし」

「善人のふりをすることなんて誰でもできるよ」

律花が唇を尖《とが》らせて言い訳すると、彰文はきっぱりと言い切った。

「で、でも……私、誰かさんたちのせいで、お兄ちゃんか彰文くんしか男の人を知らないのよ？　それなのに、相手を善人か悪人か見極めろだなんて、難しすぎる！」

「簡単だ。男は全員、例外なくオオカミなんだって覚えておいて」

律花はそっと嘆息《たんそく》した。

「じゃあ、彰文くんは？」

「え……俺？」

「そう言うなら、彰文くんもオオカミってことなの？」

散々な言われように、少し意地悪をしたくなった律花は、答えづらいだろう質問を彰文に投げかけた。

「俺は……」

やはり何も言い返せないのだ。彰文は黙って律花を見つめているだけだった。

思わず頬《ほお》を緩《ゆる》ませつつも、律花は困ったように肩を竦《すく》めてみせる。

「ほらね、例外もあるでしょ。やっぱりわかんない」

何かしら言い返してくると思ったけれど、いくら待っても彰文は黙ったままだった。

「……彰文くん？」

不思議に思って名前を呼ぶと、彼は律花に顔を寄せた。

「俺だって、オオカミだよ。男なんだから……」

囁《ささや》かれると同時に彰文の手が頬に触れる。

言葉を発する間もなく、何か柔らかいものに唇を塞《ふさ》がれた。それが彰文の唇だと気づいた時には、彼はすでに離れていた。

律花の顔に熱が集中し始める。

彰文は、そんな律花を見つめ、切なげに微笑《ほほえ》んだ。

「そんな顔しちゃダメだよ。本当にキスしちゃうよ？」

もう、したじゃない。

けれどそれは言葉にはならず、律花は頬《ほお》を染めたまま彼を見返すことしかできずにいた。

今、自分の身に何が起きたのか。なぜ彼はキスをしたのか。律花はわけがわからず混乱した。

思考が停止してしまい、体を硬直させていると、彼は一瞬苦しそうに顔を歪《ゆが》ませてから目を伏《ふ》せた。

「どうして……キスしたの？」

尋《たず》ねた声は、思いのほか冷静だった。

「…………ごめん」

視線を逸《そ》らしたまま、彰文がため息と共に呟《つぶや》いたのは、謝罪の言葉だった。

「どうして、謝るの？」

じわりと目に涙が浮かび、律花は俯《うつむ》きながら震える声を出した。

律花にとって初めてのキスなのに。

「りっちゃんにいきなりキスをしたこと、悪いと思ったからだよ。でもそれは、りっちゃんが煽《あお》るからだ。ずっと我慢してたのに……」

彰文は律花の顎《あご》をくいっと持ち上げて上を向かせる。そして再びのキス。

律花は目を閉じてそれを受け入れた。優しくて、温かくて、けれど何かが足りない気がした。

きっとそれは、彰文の気持ちがわからないから。彼が今、どうして律花にキスをするのかがわからないからだ。

それなのに、彰文はそっと唇を離すと、恋人にするように抱きしめてくれる。

律花は迷いながらも、おずおずと彼の背中に腕を回そうとした。

「こんなことするつもりなかったのに……」

彰文は小さな声で呟いた。

それを聞いて、律花はぴたりと手を止める。

「彰文くんにとって、私って何？」

彼の胸を押して突き放し、声を絞《しぼ》り出すようにして言った。

答えはわかっているのに、余計傷つくだけなのに。

「りっちゃんは……俺にとって大事な人だよ」

永遠にも思えた数十秒後、彰文はぽつりと呟《つぶや》いた。そしてそれは、律花が予想していた答えだった。

「私、彰文くんに大事に思われたくない！」

目に涙を溜《た》めたまま、律花は感情のままに口を開いた。

「どうしていつもそうなの？　私のこと、心配だ、大事だって、子供扱いするのはやめてよ！　その度に私がどんな気持ちになるかわかってる？　私だって傷つくんだから！」

「……俺が、りっちゃんを気にするのは迷惑だってことかな？」

少しの沈黙の後、彰文が言う。

違う、そうじゃない。けれど、何と言えばいいのかわからない。

「わ、私は――」

彰文と一緒にいたい。でもそれは、妹としてではなく、もっと特別な存在として。大事にされたいわけじゃない。対等な存在になりたい。彰文の横に並んで一緒に歩んでいきたい。

望むことは、ただそれだけ。

律花は鼻をすすると顔を上げ、彰文に向き直った。

「私には彰文くんが必要なの。彰文くんがいない生活なんて考えられないくらい！　久し振りに会って、それからずっと一緒にいて、それが当たり前になってきて……この生活がずっと続けばいいなって思った。どうしてそう思うのか……私、ついさっき自分の気持ちに気づいたの」

胸の中で渦巻《うずま》いていた想いが零《こぼ》れる。一度出てしまうと自分ではもう止められない。

「私、彰文くんの妹じゃなくて、特別な存在になりたい。だって私、彰文くんのことが――」

そこまで言いかけて、口を手で塞《ふさ》がれた。

せっかく一大決心をして想いを伝えようとしたのに、あろうことか、途中で彰文本人に阻止されてしまったのだ。

彰文の手を引きはがそうと、もごもごと暴れれば、彼ははっとした様子で律花を解放した。

「あ、ごめん……つい」

「ついって……ついってなんなのよ、もう！」

恥《は》ずかしさと切なさで、堪《こら》えていた涙がとうとう零れ落ちる。

「ごめん……でも、ここから先は、俺から言わせて？」

律花の頬《ほお》を両手で包みながら指で涙を拭《ぬぐ》うと、彰文は真正面から覗《のぞ》き込むように顔を近づけた。

律花はぽかんと彼を見返す。

「あのね、心配したり大事に思う感情は、何も家族や妹に対してだけじゃない。好きな女の子にもそういう気持ちになるんだよ」

額《ひたい》が触れそうな距離で、彰文が微笑《ほほえ》む。

「俺、ずっと前からりっちゃんのことが好きだった。りっちゃんが俺を好きになる前から」

「……へ？」

驚きすぎて、間の抜けた返事しかできなかった。

そんな律花に、彰文はコツンと額を合わせる。そこから、くっくっと笑う振動がかすかに伝わってきた。

「本当は、タイミングを見計らって俺から伝えるつもりだったんだ。今は……ほら、色々と怒らせちゃった後だったからね。それなのに、りっちゃんがかわいい顔して煽《あお》ってくるから、我慢できなかったよ、まったく。本当はもっとロマンチックなムードの時に伝えたかったのに……」

「そ、それって……」

そんな、まさか……本当に？

彰文の言葉が少しずつ律花の頭に浸透してきた。

「ずっと前からって……何でよ、そうならそうと、もっと早く言ってよ！」

喜んでいるのか、怒っているのか。律花は自分でもよくわからないまま、文句を言った。涙はぽろぽろと目から溢《あふ》れ続けている。

「ごめんごめん」

彰文はくすくすと笑って律花を抱きしめると、ひたすら頭を撫《な》で続けた。

「で？」

「……え？」

しばらくした頃、彰文は待ちかねたように律花に尋《たず》ねた。

「まだ、りっちゃんからの返事を聞いてないんだけど」

そうだったっけ、と律花は顔を上げる。そういえば、先に言おうとしたのに彼に止められたことを思い出して眉根を寄せる。けれど、期待した顔で待っている彼を見て、居《い》住《ず》まいを正した。

「私、彰文くんのことが好き。世界で一番、大好き！」

彰文は今まで見たことのないくらい、とびきり幸せそうな笑みを浮かべた。

「すごく……すごく嬉しい。ありがとう」

彰文は手を伸ばし、律花の手と重ねた。

「……もう一度、キスしてもいい？」

優しげな眼差しで、顔を近づけてくる。律花が答える前に、顎《あご》をそっと持ち上げられた。

彼の吐息が律花の頰《ほお》をくすぐり、鼻先が触れ合う。そして、どちらからともなく目を閉じた。

温かい唇が触れ、ついばむようなキスが何度も落とされた。

つい先程《さきほど》までキスの経験がなかった律花を気遣うように、優しくゆっくりと繰り返される。

緊張が解《と》けてくると、律花は繫《つな》がれた手に指を絡《から》ませた。軽く握り返してくれる彰文の手がくすぐったくて、温かくて、今までにないくらいの幸福感に包まれる。

それからしばらくして、彰文は名残《なごり》を惜《お》しみつつ唇を離した。

「……この辺にしておかないと、嬉しくてがっついちゃいそうだ」

熱い息を漏《も》らしながら、切なげに微笑《ほほえ》む彰文に、律花の胸がきゅんと締めつけられた。

こんなに余裕のない彼を初めて見た。しかも、彼をそんな表情にさせているのは他ならぬ律花なのだ。

「別に、構わないのに……」

律花は無意識のうちに、繫いだ手の温もりを確かめるように彼の指の関節を撫《な》でていた。

「私は、彰文くんともっとキスしたい」

それは本心だった。けれど、自分が大胆な発言をしたことに気づき、顔がかあっと熱くなる。

「あ、えっと、だから……」

次の瞬間、彰文の瞳に炎が宿ったように見えた。

彼は唇の端《はし》を上げながら目を細めると、律花の髪に手を差し入れた。

「りっちゃんは、本当に煽《あお》るのがうまいね」

「そんな――」

ことはしていない、と続けようとした唇が塞《ふさ》がれてしまう。

後頭部をぐいと押さえ込まれて、より深く口づけられる。下唇を軽く食《は》まれたかと思えば、優しく吸われ、息つく間もなく求められた。

唇が離れた瞬間、律花が息を吸おうと口を開けると、その隙《すき》を狙ったかのように、彰文が唇を押しつけてくる。それと同時に、ぬめりとする何かが、律花の口腔内《こうこうない》に侵入してきた。自分の体温より熱いそれは、歯列を割って、律花の舌を絡め取る。

「んんっ」

体の芯がぞわりとするような不思議な感覚に驚いて、思わず彼の胸元を押し返す。けれど彼は、律花をますます力強く抱きしめた。

次の瞬間、律花はソファーの上に組《く》み敷《し》かれていた。彰文を見上げると、逆光《ぎゃっこう》のせいか、いつもと違って見える。

「ごめん、苦しかった？」

少しだけ唇を離した彰文は申し訳なさそうに尋《たず》ねた。

はあはあと息を切らしながらも、律花は首を横に振る。

彰文は微笑《ほほえ》むと、律花の腕を引いて起こし、胸に抱き抱えた。それから律花の乱れた髪を、優しい手つきで梳《す》いてくれる。

律花は彼の香りに包まれながら、その心地よさに目を閉じた。

「キス以上のことも、俺はしたい。でもゆっくりでいいんだ……」

律花の耳元で、彰文は自分に言い聞かせるように、小さな声で囁《ささや》く。

きっと、何もかもが初めての律花に気を遣ってくれているのだろう。こんなところにも彰文の優しさが垣間《かいま》見えて、胸がじわりと温かくなる。

それがたまらなく嬉しくて、くすぐったい。だから律花は、そんな彼に応《こた》えたいと思った。

「私も……その、したい」

勢いで言ってから、熱が顔に集中し始める。それでも律花はなんとか言葉を紡《つむ》ぎ出す。

「えっと、私たち、お互い好き同士なんだから……その、だから……い、今、私……あ、煽《あお》ってるから！」

意を決して言うと、彰文はくすくすと笑い声を漏《も》らしながら律花の耳に指を這《は》わせた。

「耳まで真っ赤だよ」

「だ、だって――わあっ」

顔を赤くした律花が文句を言う前に、ふわりと抱き抱えられた。

「まったく、りっちゃんは誘うのが上手だね」

律花は、驚いて思わず彰文の首に手を回す。彰文は楽しそうに笑いながら、すたすたと歩き出した。そして律花の部屋のドアを開けて、ベッドの上にそっと下ろしてくれる。

薄暗い部屋にはリビングから漏れるわずかな明かりと、窓辺から覗《のぞ》く柔らかい月の光のみ。

律花の上に影を落とす彰文は、目を細めて口元を綻《ほころ》ばせながら、律花の頰《ほお》を手の甲で撫《な》でた。その顔がやけに妖艶《ようえん》に見えて、律花はドキドキする胸をきゅっと押さえた。

「続きはここでね」

「う、うん……」

その言葉に顔を赤くした律花は、視線を逸《そ》らしつつも素直に頷《うなず》いた。

続き――何をするかくらい、律花だってもちろんわかっている。しかも自分から誘ってしまったのだ。

後悔はしていない。けれど不安はある。うまくできるだろうか、がっかりされないだろうかと。失敗したらと考えるだけで不安を感じてしまう。

「大丈夫だよ、りっちゃん」

勘のいい彰文は、律花のそんな不安に気づいたようだった。

「大丈夫。怖くないから」

彼は律花を安心させるように髪を撫《な》で、額《ひたい》にキスを落とす。

それだけのことなのに、あっという間に不安が払拭《ふっしょく》されるのだから不思議だ。

「うん」

律花はふわりと笑うと、固く握りしめていた手を広げ、彰文の背中に腕を伸ばした。

彼の温もりを感じただけで、不安も恐怖も消えていく気がする。

それどころか、なぜか笑いだしたくなってくる。

「ふふっ」

「りっちゃん、好きだよ……」

唇が重なり、次第に口づけが深くなっていく。彰文は角度を変えて、何度も何度も律花を求めた。

彼に愛されているのだと実感できるほど、優しくて温かくて、情熱的だった。

自分も彰文に応《こた》えたい。想いを行為で伝えたい。けれど、律花には何をどうすればいいのかわからない。もどかしい気持ちを吐《は》き出すように、彼の服をきゅっと掴《つか》んだ。

「感じたままでいいから、真似をしてみて」

そんな律花に気づいたのか、彼は少しだけ唇を離すと、囁《ささや》き声で指示を出す。

「……んっ」

律花は意を決して舌を突き出して、彼の熱く湿った舌を探り、自ら絡《から》ませてみる。

「……そうだ」

要求に応えると、彼のキスがだんだんと激しくなっていく。互いの唾液《だえき》がまざり合い、くちゅくちゅと艶《なま》めかしい音が耳に届いた。

体の奥からぞくぞくと迫る快感に身を任せると、律花は考えることを放棄して、ただ本能の赴《おもむ》くままに彼を求めた。

「ふ、んぅ」

思わず口を付いて出た声は、律花自身も驚くほど色っぽく聞こえる。

「りっちゃん……りっちゃん……」

掠《かす》れた声で何度も名を呼ばれ、その度にキスが落とされる。舌を絡ませ、互いの唇を軽く噛《か》む。律花は彰文の熱に翻弄《ほんろう》されながらも、必死になって応えた。

「んっ……はあっ」

漏《も》れる吐息は熱く、まるで熱に浮かされたように瞳が潤《うる》んでしまう。彰文は、恍惚《こうこつ》とした表情で、律花の赤く染まった頬《ほお》を撫で、耳に唇を寄せた。

「もう、自分が止められそうにない――」

吐息にまざった囁《ささや》き声が耳朶《じだ》をくすぐり、律花はぞくりと身悶《みもだ》える。

「ひゃ、あっ」

「知ってる。りっちゃんは耳が弱い。だからもっと、いい声を聞かせて」

彼はくすくすと笑いを漏《も》らしながら耳朶を甘噛《あまが》みし、熱い息を漏らして舌を這《は》わせた。

「あ、やっ……」

思わず首を竦《すく》ませ、彼の胸を押して逃げようともがいたが、やんわりと腕を押さえ込まれてしまう。彰文の唇は、律花の首筋を辿《たど》り、肩へと滑るように移動する。

「あ、彰文くん……くすぐった――やっ」

律花は逃れるように体をくねらせるが、キスの雨がやむことはなかった。

「そんなに体を揺らして誘って」

「え、ちが……んっ」

彰文は唇で鎖骨《さこつ》を辿りながら、律花のブラウスの裾《すそ》をまくり、手を差し入れた。彼の温かい手の平が素肌に触れる。

「あっ……」

彰文の熱を脇腹に感じながら、きゅっと目を閉じ、昂《たか》ぶる気持ちを必死に抑えた。けれど次の瞬間、彼の手がぴたりと止まった。彼が体を起こした気配を感じて、律花はそっと目を開ける。

　すると彰文は、苦しそうに眉を顰《ひそ》めながらため息を吐《つ》いた。

「しまった……ない」

「え？」

　何がないのだろうかと疑問に思っているうちに、彼はさっと律花の上から退《ど》いてしまう。

「ちょっと待ってて」

　そう言い残して部屋を出ると、すぐに戻ってきた。

「正義の部屋にあってよかった」

　彼が手にしているものは、銀色のシンプルなパッケージの小袋。数袋連なっていて、中には薄くて柔らかいものが入っているようだ。

「それは？」

「うん。これはね、コンドームだよ」

「え？　ああ、コンドー……あっ！」

　こんな場面で色気のない質問をしてしまったことも恥《は》ずかしいし、それが何かも知らない自分が子供っぽくて嫌になる。もごもごと口ごもりながら視線を揺らしていると、彼は再びベッドに乗り、律花を組《く》み敷《し》いた。

「中断してごめん。実はこれが必要だったんだ。五回分だね。これだけあれば十分だ」

「え、ご、五回も……するの？」

一晩でこんなに使うものなのか、と焦《あせ》る律花を見て、彰文はにっと笑う。その顔を見て、律花はそれが冗談だと気づいた。

「も、もうっ！」

彰文の胸をばしばしと叩いたけれど、彼は気にもとめないようだった。くすくすと笑い声を漏《も》らしながら、体重をかけないようにと気を遣い、律花に覆《おお》いかぶさってくる。

「これから美味《おい》しそうなりっちゃんを食べちゃうよ」

彼は口を大きく開けると、律花の首筋に歯を立てた。

「きゃーっ！　ふふふっ」

優しげに微笑《ほほえ》む彰文を見つめ、律花は彼を引き寄せて口づけをした。

そのまましばらくお互いを求め合った後、彼の手が再び律花の脇腹をくすぐり始めた。

「ところで、この服はどうやって脱ぐの？」

「え？　あ……」

律花が身に着けていたのは、うしろボタンの濃紺のブラウスだった。襟《えり》ぐりは大きく開いているけれど、背中へ伸びたリボンを結ぶことによって肌の露出は控《ひか》えめにできる。

「えっと、背中にボタンがついてるけど……」

今日に限ってどうしてこんな服を選んだのだろう、と後悔しつつも、自《みずか》ら脱ぐべきかとブラウスに手をかける。すると彰文はそれをやんわりと制した。

そして、何か楽しいことを思いついたように微笑み、律花をうつ伏《ぶ》せに寝かせた。

「あ、あの……」

律花の髪を横に流し、現れた首筋を強く吸う。

「あ──」

そして彰文は背中のリボンをシュル、と解《と》いた。

「俺が脱がしてあげる」

耳元で囁《ささや》くと、耳のうしろやうなじにも同じようなキスを落とし、背中のボタンに手をかけた。

衣擦《きぬず》れの音が静かな室内に響いた後、律花の素肌に熱い唇が押しつけられる。

「ひゃ、あぁっ」

背中を這《は》う唇にぞくりと体を震わせ、律花は堪《こら》え切れずにシーツに顔を埋《うず》める。

そんな律花の姿を見ながら、彰文はくすくすと笑った。

「ひとりでどうやってこんなの着るの？」

「さ、先にボタンをはめてから、頭からかぶる、だけ……」

背中のボタンはただの飾りなのだ。

「だから、ボタンは外さなくても脱げるから……」

もう一度、自分で脱ぐと言ったけれど、彼は笑いながら二つ目のボタンを外してしまう。

「やらせて。外す度にりっちゃんの肌が見えてくるの、すごいそそられる」

彰文は律花の背中を撫《な》で、ちゅっと口づける。たった八個のボタンを外すだけなのに、彼は時間と手間を惜しまず、ゆっくりとボタンを外しては、律花の肌を堪能《たんのう》するように柔らかい唇を滑らせた。

口づけはボタンが外される度に下へ下へと移動していく。

少しずつ服を脱がされ、律花は羞恥《しゅうち》で体が熱くなってきた。

「ま、まだ……？」

「うん、もうちょっと」

吐息が腰をくすぐり、心地よい震えが全身を支配していく。

やがて全てのボタンを外し終わると、彰文はこれで最後、と囁《ささや》きながらブラジャーのホックを外した。胸元の締めつけから解放され、律花は大きく息を吸う。

「こっちを向いて」

大きくて温かい手の平で素肌を撫でられるだけで、心臓が忙《せわ》しなく騒ぎ出す。

「は、恥《は》ずかしい……」

消え入りそうな声で呟《つぶや》く。

「りっちゃんの全てを見たい」

彰文は、硬直する律花の背中を落ち着かせるように撫でながら、耳元にちゅっと口づけた。そのまま肩を引かれ、おずおずと前に向き直る。

部屋が暗いことに安堵《あんど》しながらも、律花は胸元に服をかき寄せた。

「あ、あの……」

恥ずかしくて彰文と視線を合わせることができず、あらぬ方向へと目を向ける。

「りっちゃん……隠されると、余計に燃える」

彰文は律花の手を取り、甲に口づける。そしてそのままブラウスとブラジャーを腕から引き抜いた。

「綺麗だ……」

視線を胸元に据《す》えたまま、手を律花の脇腹に滑らせる。

「……わ、私だけ裸なんて、ずるい」

見られていることを意識して頬《ほお》を染めながら、苦し紛《まぎ》れに呟《つぶや》いた。

彰文は、わかった、と頷《うなず》くとネクタイを外した。それをポイと放り投げると、片手で器用にシャツのボタンを外し始める。

律花は彰文の下で、ごくりと喉《のど》を鳴らしながら彼の動作を見ていた。

ついに彼はシャツを脱ぎ捨て、上半身を晒《さら》した。

引き締まった彰文の体に、今度は律花の目が釘付けになってしまう。

「これでいい？」

彰文は笑って言うと、律花に覆《おお》いかぶさり頬《ほお》に口づけを落とした。そして肘《ひじ》で体を支え、律花の首筋から鎖骨《さこつ》へと唇を這《は》わす。

同時に右手は律花の腹部を撫《な》で、上へとゆっくり移動していた。

「あっ……ん……」

彼の唇は肌をくすぐりながら、律花の胸の頂《いただ》きへと到達する。中心を口に含み、舌先で弄《もてあそ》ぶように転がしたかと思えば、唇できゅっと押し潰《つぶ》す。

「あ、やあっ」

そうしている間にも、彰文の片手は反対側の丘に上っていく。それが彼の手の平にぴったりと収まると、最初は遠慮がちに、次第に力強く揉みしだいた。尖《とが》った頂きの硬さを確かめるように指の腹をこすりつける。

「んんっ」

ぴりっと電気が走ったような衝撃に、体が勝手に反応する。甘い刺激が体中を駆け抜けた。

「りっちゃん、かわいい。ここもこんなになってる」

胸の頂きを強く吸い、歯を立てる。

「や、それ、ダメっ」

甘い痺《しび》れに思わず腰を引くが、逃げられるわけもなく、助けを求めるように伸ばした手が空を掴《つか》んだ。その手はすぐに彼の手に絡《から》め取られて、指先を口に含まれてしまう。

「指も甘い味がする……」

指を一本ずつ口に含みながら低い声で囁《ささや》くと、彰文は誘うように律花を見つめた。

「そんな……み、見ないで」

それだけでぞくりと下腹部が疼《うず》き、律花は無意識のうちに足をこすり合わせていた。

「じゃあ、目を閉じればいい」

彰文は、律花の手の平にキスをすると、そのまま腕をシーツに縫いとめた。

「さあ、目を閉じて……」

もう一度、呪文《じゅもん》のように耳元で囁かれ、律花は言われるがまま目を閉じた。

「あ――んっ」

暗闇の中で、彼は胸の頂きをしゃぶり、こりこりと指で押し潰した。

はらりと落ちた彼の前髪が、敏感《びんかん》になった律花の肌を撫でてくすぐった。その甘い刺激は、律花の理性を少しずつ、確実に奪っていく。

「もっ……やぁっ」

「どうして？　……かわいいよ、俺の律花」

「あ、あき、ふみく……」

刺激を受ける度に、秘所が潤《うるお》っていくのが自分でもわかる。それが堪《たま》らなく恥《は》ずかしい。

頬《ほお》を染め、うっすらと目を開くと、彼はうっとりした表情で律花を見つめていた。

たったそれだけなのに、なぜか体が震えた。

力の抜けた律花の体から、とうとうスカートとパンティが脱がされる。そして彼は手を伸ばして律花の膝《ひざ》を割ると、茂みを掻《か》き分けて蕾《つぼみ》を探り出した。線を引くように、彼の指が中心を撫《な》でつける。

「んっ」

びくりとして腰を引こうとしたけれど、体は思うように動かない。

そのうちに彰文は、指の腹で蕾にゆっくりと刺激を与え始めた。

「やぁっ、こん、なの……」

今まで誰にも見せたこともなければ、触れられたこともない場所。そこを今、彰文に弄《いじ》られている。

その事実が余計に律花を煽《あお》り、じわじわと蜜が溢《あふ》れ出てきた。

「待っ、あっ、ん……」

「こんなに濡《ぬ》れてる。気持ちいい？」

「知らな……やっ、もっ、恥ずかし……」

目を潤《うる》ませて見つめると、彼は興奮したように息を吐《は》いた。

「恥ずかしがらないで、全部見せて」

優しく緩慢《かんまん》な動きが、少しずつ速まっていく。蕾を刺激する規則的な動きは、律花の脳を蕩《とろ》けさせていき、思考能力を奪っていくようだった。

「あっ、ん……なんか……変になる……っ」

自分の体が自分のものではなくなるような不思議な感覚に、全身が包まれる。

「イって――」

彰文の声が耳元を掠《かす》め、蕾への刺激がよりいっそう増した。

「やぁっ、あっ」

不思議な感覚から逃れようと首を振り、唇を噛《か》む。

それでも彰文の指は止まらなかった。

「や、あ、あっ……んんっ」

そして、ふいに頭の中が真っ白に染まる。体を弓なりにのけ反《ぞ》らせ、きゅっと目を閉じた。無意識のうちにつま先が伸びる。

そして律花は、くっと息を止めて絶頂を迎えた。

自分自身に何が起きたのかもわからないまま、胸を上下させて荒い呼吸を繰り返す。

そしてさざ波のように過ぎていく快楽に浸《ひた》った。

「あ、彰文、くん……」

彼は満足そうに微笑《ほほえ》んでいた。律花の頬《ほお》に張りついた髪を剥《は》がすと、汗ばんだ肌に唇を這《は》わせる。

「最初は痛いだろうから、先に気持ちよくしてあげたかったんだ」

「そうなの？　私……なんか変だった」

「うん。すごくかわいかったよ。目をぎゅっと閉じて感じてる姿……もう一回見たいくらい」

彰文にそう言われ、先程《さきほど》まであられもない声を発していた自分を思い出してしまう。

「や、やだ。もうっ」

腕で顔を隠すと、彰文は律花の胸元に顔を埋《うず》めた。

「きゃ――」

軽く先端を吸われるだけで、体の奥が再び疼《うず》き始める。

「待って、ねえ……」

律花は彰文の肩に触れ、抱きしめるように首に腕を回す。

「私ばかりじゃなくて、えっと……」

「うん、何？」

「だ、だから……」

普段は察《さっ》しのいい彰文なのに、素知らぬ顔をして首を傾《かし》げ、律花を見つめている。

「その……彰文くんも、一緒に……」

耐え切れなくなった律花が、目に涙を溜《た》めて視線を逸《そ》らすと、彰文は笑ってキスを落とした。

「意地悪してごめん。わかってる」

そう言うと彰文は、体を起こしてベルトを外し、ズボンとボクサーパンツを脱ぎ始めた。

再び律花の上に覆《おお》いかぶさると、膝《ひざ》の裏に手を入れて軽く浮かせる。

「あっ」

驚いて体を硬くした律花に、彼は安心させるように微笑みかける。

「俺に任せて」

不安に思いながらもこくりと頷《うなず》くと、彼は律花の膝を抱え直し、軽く持ち上げた。

茂みを押し分けた秘部に、彼の長い指がゆっくりと押し込まれていく。

「ん……」

しっとりと濡《ぬ》れた内部《なか》は彼の指を容易に咥《くわ》え込んだ。想像していたような痛みはないが、不可思議な圧迫感を覚え、律花は思わず顔を顰《しか》めた。

「っ、ん……」

そんな律花に気づいた彰文は、唇をついばみながら、少しずつ指を奥へと進ませ、ゆっくりと引いた。次第に聞こえてくる、くちゅくちゅという水音。

「やぁっ、んっ……」

思わず甲高い声を上げると、彰文が心配そうに覗《のぞ》き込んだ。

「大丈夫？　気持ち悪くない？」

彼が自分を心配してくれることが嬉しくて、律花の胸はきゅんと疼《うず》いた。

「……ううん、大丈夫」

小さく微笑《ほほえ》むと、彰文は安心したような笑みを浮かべて、再び指を動かし始める。彼の長い指がある一点を掠《かす》めた時、一際《ひときわ》大きな声が出た。

「んっ……ああっ！」

すると彰文は、いたずらを思いついたような顔をして、そこばかりを刺激してくる。

「あっ……んっ、はぁ、やっ」

「ここが気持ちいいの？」

すごく恥《は》ずかしい質問をされて、律花の頬《ほお》は真っ赤に染まった。

「んっ、そんなこと……聞かないでっ」

そう言って彰文の動きから逃れようとするけれど、彼はそれを許してくれない。

「どうして？　ちゃんと教えて？　律花のいいところ」

彰文が指を動かす度に、秘所からはぐちゅぐちゅといやらしい音が響く。自分でも蜜が溢《あふ》れてくるのがわかって、律花は泣きそうになった。

「んっ、やぁっ……あんっ」

頭がぼうっとしてきて、何も答えられない。ただ恥ずかしい声を上げることしかできず、律花はいやいやと首を横に振った。

「ごめんね、りっちゃんがかわいいから、つい意地悪しちゃった」

焦点の合わない目で彰文を見つめると、優しい笑みを浮かべていた。彼はそれまで激しく動かしていた指の動きを止めて、そっとキスを落としてくれた。

律花は彰文の首に腕を回し、ぎゅっと抱きつく。そして彼のキスに応《こた》え、舌を絡《から》ませた。くちゅくちゅと唾液《だえき》のまざる音が部屋に響きわたる。やがて彰文がゆっくり離れると、二人の唇の間につうっと糸が引いた。

「……いやじゃ、なかったよ？」

律花が顔を熱くして呟《つぶや》いた瞬間、彰文ははっとしたように目を見開く。けれどすぐに、とても嬉しそうな顔で笑った。

「動かしてもいい？」

彰文の優しい問いかけに、律花はぎこちなく頷《うなず》く。

「……あっ、んっ」

再び動き出した彼の指は、律花の快感をゆっくり引き出していく。

「はぁっ、あっ……」

とろとろと蜜が溢《あふ》れて、太腿をしたたり落ちていくのがわかった。次第に律花の息も速くなる。

何度も抽送《ちゅうそう》を繰り返され、律花の秘所が蕩《とろ》けきった頃――

彰文は挿れていた指を抜くと、余裕のない表情で律花の顔を覗《のぞ》き込んだ。

「……次は、少し痛いと思う。でもゆっくりするから」

「うん、大丈夫……」

頷く律花の頬《ほお》を撫《な》で、避妊具のパッケージを開けると、中身を素早く装着した。そして律花の膝《ひざ》を折り、その間に猛《たけ》る彼自身をピタリと押し当てる。

「力を抜いて」

「ん――」

ぐっと律花の中心に、何かが押し込まれていく。それは彼の指より何倍も質量の大きなものだった。

「いっ――」

初めて感じる鈍い痛みに眉を顰《ひそ》め、唇を噛《か》む。そして、痛い、という言葉を呑み込むように息を止めた。

「んんっ……」

「りっちゃん……律花――」

怖い。咄嗟《とっさ》に体を硬くする律花の肩を、彰文は優しく撫でながら、ちゅっと唇を塞《ふさ》ぐ。下唇を優しく舐《な》め、歯列を割って舌を押し入れる。

彼は口づけを繰り返しながら、腰をゆっくりと落とした。

律花の意識を痛みから逸《そ》らすように、彼の舌は律花を休むことなく追い立てていく。

「ふ、ぅんっ……」

体の中心に引き裂かれるような痛みを感じた瞬間、彰文の腰が最奥《さいおう》へと沈んだ。気が遠くなりかけた時、彼は動きを止め、少しだけ体を起こした。

「は、あ……入ったよ」

彰文は額《ひたい》にうっすらと汗を浮かべながら、苦しそうに微笑《ほほえ》んだ。律花の頬を撫で、額に口づける。

「大丈夫？」

気遣うように見つめてくる瞳を見返し、律花は頷いた。

本当は、苦しい。

けれど、彰文のほうが辛そうに見えた。何かを堪《こら》えるように、わずかに眉根を寄せつつも、彼は笑みを絶《た》やさない。

「彰文、くん……」

そんな彼が堪《たま》らなく愛おしいと思う。

「彰文くんは、辛くない？」

「……うん。律花の中は、温かくて、狭くて、すごく気持ちがいい」

彰文は、眉間《みけん》に皺《しわ》を寄せて微笑《ほほえ》む。

「――けど、自分を抑えるのに精いっぱいだ。ごめん、りっちゃんは痛いだろうに、俺だけ……」

「ううん、私も嬉しいよ。だって彰文くんと……」

お互いの体の一部分が繋《つな》がっていると思うと恥《は》ずかしさが込み上げてくるけれど、同時に幸福感にも包まれる。

きっと、律花は彰文とずっとこうしたかったのだ。今まで足りなかったものが埋められ、満たされていく。それが嬉しくて自然と涙が零《こぼ》れた。

彰文は律花の目元にキスをすると、慈《いつく》しむように頬《ほお》を撫《な》でる。

「少しだけ動いていいかな？」

「うん……」

彰文は、腕を立てて自分の体を支え、ゆっくりと腰を動かし始めた。

時折、苦しそうに眉根を寄せながら、深い呼吸を繰り返す。初めての律花に負担がからないよう気遣ってくれているのがわかる。

彼に気を遣わせていることを申し訳なく感じ、律花は彰文の背中に腕を回して、そっと撫でた。

「いいよ、無理しないで。わ、私は大丈夫……だから……」

「ありがとう。でも、涙目で言っても、説得力がないよ」

くすりと微笑《ほほえ》み、唇にキスを落とす。

律花もキスを返し、彼の唇を舐《な》めた。

「──っ、ごめん……もう我慢できそうにない。ゆっくりするから。痛いかもしれないけど」

頷《うなず》くと、彰文は次第に腰を動かすスピードを速めた。

律花は彰文の肩口に額《ひたい》を押しつけ、ぐっと痛みに耐える。

「彰文くん、好き、大好き」

「──今のそれは、ずるいな」

それを合図に、彰文は激しく腰を打ちつけた。くちゅくちゅというういやらしい音と、互いの息遣いがまざり合う。

「ああ、律花、愛してる」

そして最奥《さいおう》で、彼の熱が一気に放たれた。

荒い息を吐《は》きながら、彼は腰を折ると、律花の胸元に顔を埋《うず》める。

「はあ……幸せだ。どうしよう」

「私もね、すっごく幸せ……」

彼の背中に手を回し、力の限り抱きしめる。

「律花。好きだよ。もう離さない。もう誰にも、触れさせさせない」

「うん――」

彰文の額《ひたい》が律花の額にコツンと当てられる。お互いに笑い合い、抱きしめ合う。

幸せで胸がいっぱいになり、律花はまた涙を流した。


その後、彰文は自力で立てなくなった律花を抱きかかえ、風呂場に移動した。二人で一緒にシャワーを浴びて、乱れたシーツを整えてから並んで横になる。

彰文は律花を胸に抱き、優しく背中を撫《な》で続けた。その心地よさに、律花はうとうとしながら目を閉じる。

「律花」

ふいに名前を呼ばれ、目を開けて顔を上げた。

「――って呼ぶことにする」

　彰文は律花を見つめ、にっこりと微笑《ほほえ》んでいる。

　突然の宣言に首を傾《かし》げ、はっと気づく。喧嘩《けんか》中に律花は、彼が自分を子供のような愛称で呼ぶと責めたのだ。

「あ、あのね……私」

　そう言いかけた律花の唇をキスで塞《ふさ》ぐと、彼は背中に回した腕に力を込めた。

「ダメ？」

　そして、耳元をくすぐるように囁《ささや》く。

「ダ、ダメじゃない、けど……」

　むしろ嬉しく感じている。

　律花は笑いを堪《こら》えるように彼の胸に顔を埋め、その温もりと香りを堪能《たんのう》した。

「……実を言うとね。正義がアメリカに転勤になるって聞いて、律花のことを託された時、ようやく口説《くど》くチャンスが巡《めぐ》ってきたって思ってたよ」

「えっ」

　彰文は唇の端《はし》を上げていたずらっぽく笑った。

「正義には悪いと思ったけどね」

「ってことは……一体いつから私のこと好きだったの？」

　彰文は少し考える素振りを見せてから口を開く。

「正確には覚えてないけど、昔から好意はあったよ」

最初は妹をかわいがるように接していたけれど、正義と一緒になって律花の恋路を邪魔しているうちに、気がついたら愛情に変わっていたのだと、彰文は昔を懐かしむように話した。

「ちょ、ちょっと待って！　今、邪魔してるって言ったわよね？　彰文くんもお兄ちゃんと一緒に色々やってたってこと⁉」

「ああ……うん。でももう時効だよ」

彰文は軽く肩を竦《すく》めて笑った。

「じゃ、じゃあ……私がふられるたびに慰《なぐさ》めてくれたのって……」

「それは本心からだよ。律花にはもっといい男がいるって言ったでしょ？」

含みのある言い方に、口をぽかんと開けて彰文をじっと見つめる。彼は目を細めてしたり顔をしていた。

なんだか彰文の黒い部分を垣間《かいま》見た気がした。

いや、まさか……さわやかで優しい彰文に限って、と律花は軽く首を振り、気のせいだと思うことにする。

「大学を卒業してしばらくは仕事で忙しくて、なかなか実家にも帰れなかったし、ずっと会えなかったから、律花は俺のこと忘れちゃってるんじゃないかって思ってた。だけど再会した時、笑顔で迎えてくれた。だから口説けば振り向かせられるんじゃないかって、色々画策《かくさく》してたんだけど……」

「か、画策⁉」

やっぱり気のせいじゃないのかもしれない。

「そう。ほら、律花もドキドキしてくれたでしょ？」

彰文は律花に顔を寄せると、耳元で揺れているピアスに――正確には耳朶《じだ》に触れ、ふっと息を吹きかけた。

「ひゃあっ」

律花は咄嗟《とっさ》に体を離して耳を隠した。

「もうっ！」

いつもやけに近くにいたり、過剰すぎるスキンシップをしてきたのは、律花をそのうち口説こうとしていたせいか、と妙に納得してしまう。

「で、でも……そんな前から好きだったんなら、もっと早く言ってくれてもよかったじゃない。彰文くんがいない間に、もし私に彼氏ができてたらどうしたの？」

「ああ、その心配はしてなかったよ。正義にあれだけ邪魔されてたら、律花に彼氏ができる可能性は無いに等しいと思ってた」

その言葉にカチンとして、律花は無言のまま彰文をやんわりと睨《にら》みつけた。

「エレベーターで話そうとしたのは、実はこのことだったんだ。律花は俺のこと好きになってくれたんじゃないかって思って。だから俺の想いを伝えようとしたんだけど……」

けれどその後、律花は合コンに参加してしまった。そのことを知った彰文は、自分の勘違いだったと思い込むことにしたのだという。

「ご、ごめん……」

「はは、俺、もうこの世の終わりかと思ったよ」

優しい声音で冗談を言った後、律花をぎゅっと抱きしめる。

「俺は、律花が好きだよ」

「うん……私も好き」

幸せに包まれながら、律花は眠りに落ちていった。

鳥の鳴き声で目覚めると、外はすでに明るくなっていた。

律花を抱きしめるように眠っている彰文を見つめて口元を綻《ほころ》ばせ、その腕からそっと抜け出す。

立ち上がると、下腹部に甘い痛みを感じて、思わずひとりで照れ笑いをしてしまう。

この痛みは、正真正銘《しょうしんしょうめい》、彰文と繋《つな》がった証なのだ。

キッチンへ向かい、コーヒーメーカーのスイッチを入れた。

リビングのカーテンを開けると、青く澄んだ空に大きな入道雲が浮かんでいる。

「いい天気だなあ……」

漂《ただよ》ってくるコーヒーの香りを楽しみながら窓辺に佇《たたず》んでいると、背後でドアの開く音がした。

「起きたら横にいないから、昨日のことは全て夢だったんじゃないかと思った」

そう言いながら、スウェットにTシャツ姿の彰文がのそりと現れた。

「え、あ、ごめん。起こしたら悪いかなって、その……昨日は疲れたんじゃないかと思って……」

「疲れるわけないよ。一回しかしてないんだから」

その言葉に、律花の頬《ほお》が赤く染まる。

「も、もう……」

彰文はくすくすと笑いながら近づき律花を抱きしめた。

「おはよう、マイ・ハニー。今日はいい天気だから、映画でも見に行く？」

「わあ、行きたい！」

太陽がじりじりと地面を照りつけ始める。

休日の朝の始まりだった。

7

まだ暑さが残る九月の初旬。彰文と付き合ってからもうすぐ一ヶ月が経《た》とうとしていた。

相変わらず彰文は夕食を食べに来ている。彼と付き合う前と、律花の生活はほとんど変わっていない。

だけど恋人らしい触れ合いは増えた。彰文は、律花の隙《すき》をついて唇や頬《ほお》にキスをしたり、腰に手を回して抱き寄せたりと色々仕掛けてくるのだ。

ずっとこうして触れ合いたかった——と柔らかい笑みで言われてしまうと、律花は照れながらも受け入れてしまう。

「今日も続き読む？」

夕食後、いつものように紅茶を淹《い》れてソファーに運ぶと、彰文はテーブルに置いてあった一冊の本に手を伸ばして言った。

それは来春に映画化が予定されている恋愛小説だった。何気なく寄った本屋で、『映画化決定』『笑って泣ける』というコピーにつられて律花が買った。

しかし、買ったはいいが落ち着いて読む時間が取れず、半分ほど読んで放置していた。

それを彰文が目ざとく見つけ、読み聞かせてあげると申し出てくれた。

最初は悪いからと断っていたのだけれど、彰文の朗読の声は耳に心地よく、だんだんクセになってしまった。今やあらゆる物語の朗読は、夕食後の日課になりつつある。

「うん、お願い！」

律花が頷《うなず》くと、彰文はしおりを挟んだページを開いた。

「ちょっと待ってね」

律花は彰文の隣に座り、紅茶にレモンを浮かべて一口飲む。そしてクッションを抱きかかえながら楽な姿勢をとった。

「はい、準備完了！」

そんな律花を、彰文は目を細めて見つめながら待っていた。

「はい、じゃあ……夕闇の迫る公園で、二人の男女が向かい合う。一人は目に涙を浮かべて鼻をすすっていた――」

彰文の甘く低い声に耳を傾《かたむ》けながら目を閉じると、小説に書かれたシーンが頭の中に広がっていく。

今日の物語は、些細《ささい》なことからすれ違ってしまった二人が、仲直りをしたところから始まった。互いの誤解が解け、やっと想いを伝え合う。修復不可能に思えた関係は、これまでの伏線《ふくせん》を全て回収する形で最高のハッピーエンドを迎えようとしていた。

　クッションを抱きしめながら、律花はほっと息を吐《は》く。まるで物語のヒロインになったような気持ちで、聞き入っていた。

　両思いになった二人は熱い口づけを交わして、そして……

「押し倒すようにソファーに横たえると、彼はその上に覆《おお》いかぶさる。彼女のブラウスのボタンを引きちぎるように外し――」

「……え、ちょ、ちょっと待って！　突然何を言い出すの？」

　律花が驚いて声を上げると、彰文は何でもないというように肩を竦《すく》めた。

「だって、そう書いてある」

　小説の中で、二人は甘い雰囲気のままソファーの上で愛を確かめ合うらしい。

「露《あら》わになった首筋に唇を這《は》わせ――」

　律花はドキドキしながら続きを聞き始めたが、内容が内容だけに集中できなかった。もぞもぞと居住《いず》まいを正していると、ふいに背後から抱きしめられて、うなじに口づけられた。

「わっ」

　けれど彰文は本から目を離さず読み進める。

「彼女の肩に口づけながらも、その手は柔らかい肌を辿《たど》り大腿《ふともも》を割った。ずぷりと押し入れた長い指が蠢《うごめ》き、彼女を内部《なか》から攻《せ》める……」

彰文の口から零《こぼ》れる卑猥《ひわい》な言葉の数々に、律花は顔を赤くして、俯《うつむ》くことしかできない。

「赤く色づいた蕾《つぼみ》を強く吸い、彼女の名前を呼ぶ――律花、と」

耳朶《じだ》をくすぐるように吐息が漏《も》れる。ぞくりと背筋を震わせながら、律花はとうとう口を開いた。

「ち、違うでしょ？」

「どうかな？」

くすりと笑う。甘く低い彰文の声が、背中を伝って体に響いた。

「で、でも主人公の名前は……」

「律花」

すると、背後から伸びてきた彰文の手がスカートをめくり上げ、パンティの中へと滑り込んだ。

「あ、やっ、ダメ」

「濡《ぬ》れてる」

茂みをかき分けて侵入してきた指を、律花は難なく受け入れてしまっていた。

「そ、そんな、はずは……」

言いながら彰文は、わざと音が聞こえるように指を出し入れした。じわりと快楽の波が寄せると同時に、くちゅりと卑猥《ひわい》な水音が室内に響く。

「ほら……」

「い、いや……やめて」

彰文は本を置くと、やんわりと抵抗した律花の腕を掴《つか》んだ。

「追体験してみない？」

唇が律花の耳朶《じだ》を掠《かす》める。熱い舌は首筋を辿《たど》り、鎖骨《さこつ》のくぼみに到達した。

どうやら彰文は、小説と同じことを律花にしようとしているらしい。

つい先程《さきほど》耳にした内容は官能的で、隠れていた律花の欲望を煽《あお》るようなものでもあった。

彰文の低くなめらかな声で語られた内容を思い出すと、下腹部がきゅんと疼《うず》く。

「あれ、反応した？」

「え、違っ……し、してない」

「俺に嘘は通用しないよ」

「あ――やっ」

やがて指が二本に増え、律花の中をざらりとこすった。

彰文の腕を掴み、いやいやと首を振るが、その姿さえ煽っているようにも見えるらしい。

「その表情が好きだ」

そう囁《ささや》きながら彰文は、指の腹を蕾《つぼみ》に押しつけるようにこすった。

「やっ、それ、ダメ――」

そう言いながらも、律花の心とは裏腹に快楽にほだされた体は彰文を受け入れ始めている。

「あ、ああっ」

びくりと体を弓なりに反《そ》らした後、脱力したようにぐったりと彰文に寄りかかった。

はあはあと荒い息を吐《は》きながら、彰文を睨《にら》む。

「酷《ひど》い……」

「でも、気持ちよかった」

律花の思いを代弁するように彰文が囁く。

精一杯の恨みを込めて睨《にら》んだけれど、ついばむような口づけが降ってくるだけだった。

「今日、泊まってもいい？」

掠《かす》れた声は耳元をくすぐり、律花はかすかな疼きと共にきゅっと目を閉じた。

「……いいよ」

律花は頬《ほお》を染めながら視線を逸《そ》らした。口づけはだんだんと深いものに変わっていき、彰文の手が律花の背中に回される。

その時だった。テーブルに置いてある彼のスマートフォンが鳴り出したのは。

「……電話だよ?」

彰文はしばらく無言で律花を見つめていたけれど、諦《あきら》めたようにため息を吐《つ》いてから電話に出た。

「何だよ、今いいところだったのに」

出るなり、ぶっきらぼうにそう言った彰文に、律花は目を瞬《またた》かせる。いつもは穏やかな口調の彼がそういう言い方をするのが珍しかったから。

相手は誰だろうかと思いながら、律花は邪魔にならないよう静かに紅茶をすすった。

「──ああ、一緒にいるよ。代わろうか?」

「え、誰?」

「正義だよ。ずっとメール返信してないの?」

スマートフォンを少し傾《かたむ》けながら、彰文が苦笑いで尋《たず》ねた。

「え、あ、してるよ……たまに忘れるくらい」

『わかりやすい嘘をつくな!』

視線を泳がせながら言うと、電話口の正義に聞こえたらしく、怒鳴り声が漏《も》れ聞こえてきた。

『それより彰文、律花はこの夏、大人しくしてただろうな？　こいつは、ひと夏のアバンチュールなんて言ってばかなことするからな。去年なんか――』

正義は過去の話を持ち出してきた。去年の夏、水着でバーベキューをするという合コンに参加しようとしたが、正義に見つかって外出禁止になったことがあったのだ。

「もう、してないったら！　やめてよ、そんなこと彰文くんに言うの！」

律花が叫び、正義は口を噤《つぐ》む。

『フン、まあいい。とにかく、律花の周りに変な男はうろついていないだろうな？』

「ああ、それなら問題ないよ。実は、俺たち――」

「わあああああっ！」

律花は咄嗟《とっさ》に彰文のスマートフォンを奪い取る。

「もう日本は夜の十一時なの！　寝るんだから切るね、おやすみ！」

律花は通話終了ボタンを連打して通話を終えた。

「彰文くん！　今、何を言おうとしたの⁉」

「何って、俺たちが付き合ってるってこと。伝えたほうがいいと思って」

「ダメに決まってるじゃない！　そんなこと言ったら、速攻で別れさせられるんだから！」

「そんなこと――」

「しないって言い切れる？　相手が彰文くんでも、するかもしれないでしょ！　黙ってたほうがいいに決まってる！」

むしろ、相手が彰文だからこそ、兄がどう出るか、律花には見当もつかない。自分の妹の面倒を見るようにと頼んだ親友が、自分のいない間に妹と付き合っていたと知ったら、正義は……

「もしそうなったら……そうなったら、嫌だもん」

呟《つぶや》く律花の頭を、大きな手が撫《な》でる。

「じゃあどうするの？　正義だってずっと海外にいるわけじゃない。いずれ話すことになるよ」

「それは……わかってるけど……」

だからといって、今すぐ話す必要はない。もう少し、あと少しだけでも、何の心配もせずに彰文と過ごしたいと思うのは、いけないことなのだろうか。

うなだれる律花の頬《ほお》を、彼は両手で包み上を向かせた。

「どんな障害があったって、俺は律花を永遠に愛し抜くよ」

「彰文くん……」

プロポーズにも似た言葉を囁《ささや》きながら、彰文は律花に口づけをする。それでも律花の不安は消えなかった。

カーテンの隙間《すきま》から漏《も》れる光に気づき目を覚ます。柔らかい朝の日差しが、ぼうっとした律花の頭をゆっくりと覚醒《かくせい》させてくれる。

ごろんと寝返りを打って、隣にあるはずの温もりに手を伸ばしたが、その手けシーツを掻《か》いただけだった。

はっとして起き上がり、目覚まし時計を見る。

「やっぱり、もう！」

寝ぐせのついた髪をかき上げながら、律花はベッドから這《は》い出た。

昨夜、彰文は結局ここに泊まった。甘い時を過ごした後、眠い目をこすりつつ、律花は、必ずいつもの時間に起こしてほしいと頼んでおいた。

それなのに——

「彰文くん、起こしてって言ったじゃない！」

ドアを開けてリビングにいる彰文に文句を言うと、彼はコーヒーカップを差し出しながら、律花の額《ひたい》にキスを落とす。

「おはよう。あと五分したら起こそうかと」

「そうじゃなくて、この時間だと電車に間に合わないって言ってんの！」

「大丈夫、車で送ってく」

彰文が泊まった翌朝は、必ずこの押《お》し問答《もんどう》から始まる。もちろん、彼がそう言う理由もわかっている。

「昨日は疲れただろう？　律花があまりにもかわいいから、我慢できなくてつい何度も……」

彰文は律花を抱き寄せると、腰に手を回し耳元で囁《ささや》いた。

「あ、朝からそういうこと言わないでよ」

昨夜のことを思い出してしまい、頬《ほお》がかあっと熱くなる。

「俺のせいだから、朝は少しでもゆっくりしてほしいんだ。ちゃんと間に合うように送るからいいだろう？」

「よく……ない……」

「そう？　なら、俺だけなのかな、律花と片時も離れたくないって思ってるのは。俺は出勤時間も一緒にいたいんだけど？」

「それは、私もそう思ってるけど……」

「よかった」

顔を上げると、嬉しそうに微笑《ほほえ》む彰文と目が合った。

結局、律花は彰文の運転する車で出勤することになってしまった。確かに、電車よりも短時間で着くけれど、周囲から注目されるのは困る。

ビルの前で車が止まると、律花は周囲をきょろきょろと見回し、見知った顔がいないか何度も確認した。そして、急いで降りてしまおうと、ドアを開ける。その時だった。

「律花、忘れ物だよ」

「えっ」

振り返ると、シートベルトを外して身を乗り出している彰文の顔がすぐ傍《そば》にあった。

「忘れ物って？」

尋《たず》ねると、彰文は人差し指で自分の唇に触れ、律花の唇にも指を這《は》わせた。

それだけで、言わんとしていることは十分わかる。

「……キスはしないよ？」

「してくれたら、いいこと教えてあげるのに？」

「もうっ、家に帰ったら教えて！　じゃあ行ってきます！」

助手席から飛び降りるように外に出てドアを閉めると、律花は早足でビルに向かった。

昼休みになると早速、今朝の二人の姿を見たという由奈にからかわれた。彰文と付き合うことになった件は簡単に伝えてあるが、もっと詳しい話を聞き出そうとやっきになっているようだ。

「合コンに誘ってあげた恩を忘れたの？　っていうか、村田さんとはどうなったのよ！向こうも何があったのか全然教えてくれないし」

あの後、村田は律花の会社まで会いに来て、謝ってきた。律花も大事《おおごと》にしたくはなかったので、あの日の出来事は誰にも話していない。

「あれは……もういいの！　ごちそうさまでした、と。仕事残ってるから先行くね」

あれこれ質問してくる由奈から逃げるように、律花は昼休みが終わる前に食堂を出て、さっさと経理部のフロアに戻った。

「ああ、片倉さん。ちょうどよかった、悪いんだけどコーヒー頼めるかい？　先方さんが少し早く来られてねえ」

席に戻ってのんびりしようとしていた律花だったが、座る直前で部長にお茶出しを頼まれてしまった。いつもは受付担当の女性社員の役割なのだけれど、休憩中だったらしい。

「まったく、お昼に来るからって伝えておいたのに、誰もいないなんてありえんよ……」

ぶつくさと文句を言う部長に背を向けて、律花は給湯室へと向かった。

確か、午後一番の来客予定は新システムに関する打ち合わせだった。担当は――

「そうだ……川原さんがメイン担当って言ってたっけ」

ミスのないようにしなければ、と思い直した律花は、アイスコーヒーの氷の数や分量にまで気を使い、何度も確認をしてから、応接室のドアをノックした。

「失礼しま――え!?」

応接室のソファーに腰かける二人組を見て、律花はその場に立ち尽くす。

「お、律花ちゃんじゃねえの。久し振り！」

ソファーの上座側に座っているのは、彰文の会社の上司、徳田だった。

「えっ、徳田部長さん……と、彰文くん⁉」

驚きに目を見開く律花に気づき、徳田が片眉を上げる。

「なんだ、言ってなかったのか？」

「今朝伝えようとしたのですが、帰ってから聞くと言われてしまって」

「お前なあ……ったく」

徳田は律花に向き直ると、にこにこしながら説明してくれた。

経理部が新たに導入するシステムの構築を、自分たちの会社が請《う》け負《お》うことになり、その担当が彰文に決まったという。

「それじゃあ、今朝言ってたいいことって、このことだったの？」

「そういうこと」

あっさりと認める彰文をじいっと睨《にら》んでみるが、彼はそれを笑顔でかわした。

確かに、帰ってから聞くと言ったのは律花のほうだ。けれど、こんな大事なことを黙っているなんて意地悪すぎる。

頬《ほお》を膨《ふく》らませながらテーブルにコースターとアイスコーヒーを並べていると、徳田が律花に顔を寄せてきた。

「コイツだけ明日から二週間常駐《じょうちゅう》するが、人前ではいちゃつくなよ？」

「し、しませんよ！」

思わず大声を出すと、徳田は楽しそうに笑みを深めた。

「徳田部長、セクハラで訴えられますよ？」

「律花ちゃんはそんな心狭くないよな」

豪快《ごうかい》に笑う徳田を見ながら、本気で訴えるべきかと迷っていると、ドアがノックされ、部長と川原が入室してきた。

律花に気づいた川原は、途端《とたん》に顔を顰《しか》める。

「おや、何やら盛り上がっていたようですが？」

部長が尋《たず》ねると、徳田が嬉々として口を開こうとする。

「ええ、実は――」

「天気の話をしていました！」

咄嗟《とっさ》に、律花は場違いなほどの大声を出した。驚いたような周囲の視線を一身に受けながら、律花は唇をきゅっと噛《か》む。すると、徳田は窓の外に視線を向けながらうんうんと頷《うなず》いた。

「九月になったのに、まだまだ暑いですねって話ですよ。クールビズを推奨《すいしょう》している割に、ウチの会社は訪問時、ネクタイ着用が義務づけられていて、いやーまいったもんです」

「それは大変ですねえ。どうぞどうぞ、ここでは外してください」

部長同士の雑談が始まり、律花は息を吐《は》く。徳田の気遣いに心の中で感謝をしながら、彰文をちらりと見ると、笑顔で会釈《えしゃく》を返された。自分たちの関係は黙っていてくれるのだろう。

律花がほっとして口元を綻《ほころ》ばせていると、横からコホン、と咳《せき》ばらいが聞こえてきた。

「ちょっと、まだいるの？」

川原に小声で注意を受けてしまい、律花はトレイを抱え直すと、ぺこりと頭を下げて応接室を後にした。

「はあ、怖かった……」

律花は急いで経理部のフロアに戻った。

一時間ほどで部長が戻ってきたので、律花はお茶を片づけるために席を立ち、トレイを持って応接室へと向かった。

誰もいないだろうと思いながらドアを開けると、資料をまとめていた川原がまだ残っていた。

「うっ！」

思わず声が漏《も》れてしまい、咄嗟《とっさ》に自分の口を塞《ふさ》ぐ。川原は頬《ほお》に落ちた髪をかき上げ、律花を睨《にら》んだ。

「どうしてあなたがお茶を出したのよ？　受付担当の役目でしょう」

「あの、それは……」

口ごもりながら部長に頼まれたのだと説明したが、疑わしそうな目で見られてしまう。

「イケメンのＳＥ《システムエンジニア》が来るって噂を聞いてお茶を出しに来たんだろうけど、そうはいかないわよ」

「……何の話ですか？」

川原は腰に手を当てると、十センチヒールの高さ分、律花を高圧的に見下ろした。

「望月さんは私が狙ってるんだから、アナタみたいなお子様は寄ってこないでって言ってるの」

その言葉に驚いて、律花は持っていたトレイを落としそうになった。

「あ、あの――」

「まあ、たとえ寄っていったとしても相手にはされないでしょうけどね」

そう言いながら、川原は律花を上から下まで眺《なが》め、くすっと鼻で笑った。

確かに彼女には、色気や大人っぽさの面では敵《かな》わない。律花は香水をつける習慣もなければ、十センチのヒールを履《は》きこなすこともできない。もちろん仕事面でもそうだ。

優秀な川原は、部長から新システムの件を一任されている。

何も言えなくなってしまった律花に、川原は勝ち誇ったような顔をして畳《たた》み掛《か》ける。

「そう言えば、今朝も男の車で出勤したそうね？　みんなに見せびらかして楽しい？

ふふ、別れたら笑ってあげるわ」

「なっ……」

言い返そうとしたが、言葉が出てこない。

「これだけは言っておくわ。明日から二週間、望月さんに近づいたら、ただじゃおかないからね」

すれ違いざまそう呟《つぶや》くと、川原は足早に出て行った。

「……ど、どうしよう」

顔面蒼白《がんめんそうはく》になりながら、律花はただ立ち尽くした。


仕事を終え、重い足取りで家に辿《たど》り着く。スーパーのレジ袋を置くと、律花はソファーに座ってクッションを抱えた。

「うわあ、なんか……どうしよう」

川原は堂々と彰文を狙うと宣言した。そのうえ、邪魔立《じゃまだ》ては許さないと牽制《けんせい》してきた。

こんなことになるのなら、あの場で徳田を止めずに、彰文の恋人は自分なのだと話してしまえばよかったのかもしれない。周囲に知られるのが気恥《きは》ずかしい、という思いから口止めしてしまったことが、今更ながらに悔《く》やまれる。

「はあ……」

ため息を吐《つ》き、クッションに顔を埋《うず》めた。

いつまでそうしていたかわからない。突然、ポンと肩を叩かれて律花は飛び上がった。

「どうしたの？　何度も呼んだのに返事がないから」

「え、あ、ごめん。おかえりなさい」

いつの間にか帰ってきていた彰文が心配そうに律花の顔を覗《のぞ》き込む。

「何でもないようには見えないけど。いつ帰ってきたの？　そこに置いてある荷物は大丈夫？」

「ああっ、アイス買ってきたんだった！」

急いで立ち上がり、レジ袋を持ってキッチンに駆け込む。柔らかくなってしまったアイスを冷凍庫に入れ、他の食材もしまった。

時計を見ると、帰宅からすでに一時間が経過していた。ご飯を炊《た》くことさえ忘れてぼうっとしていたなんて……。

「ごめん、今日は煮魚にしようと思ってたんだけど、パスタに変更してもいい？」

「構わないけど。それよりどうしたの？　俺が律花の会社に行くことを言わなかったたから、怒ってる？」

「それはいいの。ちょっと驚いただけだから……」

苦笑いで答えながら、律花は鍋にお湯を張り火にかける。

「じゃあ、徳田部長のことかな？　部長にはあの後、仕事とプライベートを混合したくないって言っておいたから、俺たちのことは言わないと思うよ。それに明日からは俺しか行かないし」

「あ、それはありがとう。でもそうじゃなくて……いや、そうなんだけど……彰文くん、あのね……」

彼に川原のことを忠告をしようかと思ったが、やめた。自分の口から川原のことは伝えたくはない。

黙ってしまった律花を見て、彰文は困惑顔で首を傾《かし》げた。

「社内の人に、一緒に仕事する相手が恋人だって知られたくない気持ちはわかるよ。からかわれたり、仕事に対する意識が低いって思われるのも癪《しゃく》だろうし」

彰文は隣に立つと、律花の手に自分の手を重ねた。

「だから律花が内緒にしておきたいって言うなら、俺はそれで構わないし、そんなことで律花の愛を疑ったりはしないよ」

「うん、ありがとう……そう言ってくれて、嬉しい……」

全てを言わなくても律花の気持ちを汲み取ってくれる彰文への愛おしさが込み上げてくる。律花は手の平を返し、彼の手に指を絡《から》めた。

でも……あれ、さっき愛って言った？

気づいた途端《とたん》に耳が熱くなる。

「あ、あの、あの――」

「うん？」

彰文は少し腰を屈《かが》めて律花にキスをすると、真っ直ぐに瞳を覗《のぞ》き込んで言った。

「愛してる」

「わ、わ、私も……」

「私も、何？」

彼は柔らかい眼差しで、律花が答えるのを待っている。

「私も……彰文くんを愛してる」

顔を真っ赤にしながら伝えると、彰文は律花の手を引いてそのまま抱きしめた。彼の胸に頬《ほお》を寄せ、目を閉じる。

結局、川原のことは、何も話さなかった。

彰文は自分を愛してくれている。だから川原との間には何も起こらない。起きるはずがない。律花はただ、嵐が過ぎ去るのを黙って待てばいいだけ――

翌日から彰文は経理部のフロアに常駐《じょうちゅう》することになった。

朝礼で簡単に自己紹介をしている時から、すでに彼は女性社員たちから熱い視線を受けていた。けれど、自己紹介が終わると、すぐに川原が彼の隣に立つ。

自分が新システム運営の責任者だと言いながら女性社員を見渡す。それだけで彼女たちの間に諦《あきら》めムードが広がっていく。川原はひと睨《にら》みで、彰文には近づくなと女性社員たちを牽制《けんせい》したのだ。

「怖っ！　魔女みたい」

「しーっ、聞こえちゃいますよ」

隣の北山の独り言にくすくすと笑っていると、突然部長から名前を呼ばれた。

「片倉さん」

「は、はいっ！」

部長は律花に笑顔を向けると、すぐに視線を彷徨《さまよ》わせる。

「……と、杉本君」

川原のデスクの隣に立つ新入社員が元気よく返事をする。

「二人で過去データの洗い出しを頼めるかい？　片倉さんは担当が違って申し訳ないんだけど」

「はい、承知しました！」

新システムを運用するための過去の帳簿データはすでに用意してあるが、不備もあり、抜けているデータを探さなければならなかった。

その仕事に抜擢《ばってき》されたのが、入社一年目の杉本と二年目の律花。まあ、早い話が雑用を押しつけられたということだ。

それでも律花は、彰文の仕事に末端としてでも関われると、内心喜んだ。

朝礼が終わると、律花は杉本とともにノートパソコンと分厚いファイルを持って廊下の最奥《さいおう》にある倉庫へと向かった。

「鍵は俺が開けたいです！」

杉本がそう言うので、律花は総務部から借りた倉庫の鍵を渡す。

「うっわー倉庫って初めて入りました。すげー、なんか秘密基地みたい！」

「杉本くん、倉庫に入った時は鍵はここにかけておいてね。作業中になくなったら探すのが大変だから！」

すぐにでもなくしそうな杉本から鍵を奪うと、律花は入口付近のフックにかけた。それから入口付近の壁を探り、電気のスイッチを見つけてつける。明るくなった倉庫内は、コンクリートがむき出しになった床と壁のせいか、ひんやりとしていた。

律花は最奥にある古めかしいデスクにファイルを置き、ノートパソコンを起動した。

ファイルの資料には、データの抜けている箇所にピンクのマーカーが引いてある。そのデータを倉庫内に保管されているＣＤ－Ｒから探し出して、パソコンにコピーをするという、簡単だけど面倒な作業なのだ。

年度別、月別に並ぶ保管用の段ボールは、古いものからラックの上段に置かれている。それを見上げつつ、壁に立てかけてある脚立《きゃたつ》を引っ張り出して足を乗せたところで、横から腕を掴《つか》まれた。

「俺が乗りますよ。先輩、女の子だし」

「大丈夫だよ」

すると、杉本は髪をがしがしと掻《か》きながら息を吐《は》いた。

「じゃなくて、スカートなのにいいの、って聞いてるんです」

「ああ、これキュロットだよ」

律花はグレーのキュロットの端《はし》を少し摘《つ》まんで見せる。

「下から覗《のぞ》けばパンツ見えるやつは、みんな一緒ですよ」

「……はあ？」

律花が首を傾《かし》げると、杉本はけらけらと笑い出した。

年下にからかわれたことが、なんとなく悔《くや》しくて頬《ほお》を膨《ふく》らませていると、杉本は律花をどかしてさっさと脚立に上ってしまった。

　ＣＤ－Ｒが何十枚も保管されている段ボールは予想以上に重かったらしい。棚から下ろすと、杉本は慎重に持ち直しながら床に置いた。それから腰に手を当てて勝ち誇ったような顔を見せる。

「これ、結構重いし、先輩には無理だと思いますよ？　俺がいてよかったでしょ？」

「……そうね」

「えー、そこはお礼じゃないですか？」

「あ、ありがとう……って、何で私がお礼言わなきゃいけないわけ？　二人でする仕事なんだから、分担作業は当然でしょ！」

「ははっ、そうですね！」

　いたずらっぽく笑う杉本を見て、律花は少しだけ眉間《みけん》に皺《しわ》を寄せた。

　なんか、ちょっとむかつく……

　そうは思いつつも、律花は余計な感情を締め出し段ボールを開けた。ファイルを見てＣＤ－Ｒのラベルを確認し、該当《がいとう》するデータをノートパソコンにコピーしていく。

　終業時間が近づき、データをＵＳＢメモリに移し替えると、律花は杉本を急《せ》かしながら片づけを始めた。

　経理部のフロアに戻り周囲を見渡す。窓側の打ち合わせスペースにいる彰文と川原を見つけて近づくと、律花に気づいた彰文が顔を上げ、次いで川原が振り返った。

「あら、どうしたの？」

　声は普通だったけれど、顔は怖い。

「えっと、打ち合わせ中にすみません、今日のデータです」

「そう」

　ＵＳＢメモリを差し出すと、川原はお礼も言わずに受け取った。まあ、これは想定の範囲内。少しだけむっとしながらも、律花は必死で笑顔を作り頭を下げる。

「それでは、お疲れ様でした」

「どうもありがとう。お疲れ様、明日もよろしくね」

　そんな律花に、彰文は笑顔で声を掛けてくれた。他人行儀《ぎょうぎ》な言い方だったけれど、それは律花との関係を秘密にしているからだ。

「あ、はい！」

　嬉しくなって声を弾ませると、川原にギロリと睨《にら》まれてしまった。逃げるように席へ戻った律花に、北山が話しかけてくる。

「このこのっ、いいなあ、望月さんにお疲れ様って言われて」

「あはは、でも川原さんに睨まれちゃいましたけど……」

「ふふ、今日ね、他の部署の女性社員たちが望月さんに声をかけに来たんだよ。総務部や営業部、管理部からも！　それを片《かた》っ端《ぱし》から川原さんが追い払ってたの。もう、すごかったんだから！」

興奮気味に、けれど小声で話す北山の話を聞いているうちに終業のチャイムが鳴った。

「じゃあお疲れ様。明日も雑用頑張ってね！」

今日の出来事を同期の友人にも報告しなければ、と彼女は足早に去っていった。

律花もデスク周りの片づけを終わらせて席を立つと、同じように帰り支度《じたく》を済ませた杉本がやって来た。

「せーんぱい、お疲れ様っス！　これから飲みに行きません？」

「あ、ごめんね。帰ってご飯作らないといけないから」

「ええーっ！」

杉本は大袈裟《おおげさ》に驚くと、不満そうに目を細めた。

「悪いけど、急には無理だよ。また今度ね？」

「わかりました。じゃあ明日は？」

「え、明日？」

唐突な誘いに戸惑っていると、近くを通りかかった主任が杉本の肩をポンと叩く。

「何だ、飲みに行きたいなら俺が連れてってやるよ」

「あ、いえ。俺、片倉先輩と行きたいので！　それじゃあお疲れ様でした！」

冗談とも本気とも取れる杉本の言葉に目を瞬《またた》かせているうちに、彼は帰ってしまった。

「上司の誘いをきっぱり断るとは、すごい新人が入ったなあ」

「あはは、そうですね……」

主任の言葉に、律花は頷《うなず》くことしかできなかった。

8

二、三日もすると、彰文の存在はイケメンＳＥ《システムエンジニア》としてちょっとした噂になっていた。けれど、誰ひとりとして、彰文が律花を送り迎えしていた人物だとは気づいていない。ほっとした反面、それはそれでちょっと複雑な心境だった。

二人の関係を社内で内緒にすると決めてからは、律花は電車通勤に戻った。彰文の分の弁当を作るのも止めている。彰文は川原に誘われ、毎日部長と川原と三人でランチに行っているようだ。

ふと視線を巡《めぐ》らせば、フロアには彰文がいる。そしてその横には必ず川原もいた。どんな仕事をしているのかは、担当ではない律花にはわからない。だから余計に二人を見ているだけで胸の奥がざわめいた。

彰文はいつも穏やかに笑っていて、川原も口元に手を当ててくすくすと笑っている。遠巻きに見れば、まるで恋人同士のようだ。

彼女は彰文を狙っていて、しかも美人で仕事もできる。たまに見せる意地悪な顔は、男性の前では隠しているはずだから、きっと彰文にも魅力的な女性に見えているのだろう。

幸いなのは、朝から晩まで倉庫に閉じこもりっぱなしのため、そんな二人の姿をあまり見ないで済んでいるということ。けれど、話だけは嫌でも耳に入ってくるから、律花は気が気でない。

今まで以上に近くにいるのに、彰文との接点がなくなって切り離された気分だ。自分から内緒にしてほしいと言い出したのに、こんな風に不満に思うなんて、と律花は嘆息《たんそく》した。


「やっぱり彰文くんは綺麗な人が好き？」

夕食のシチューをかき混ぜながら、律花はそれとなく彰文に尋《たず》ねた。ダイニングで料理ができるのを待っていた彼は、タブレット端末《たんまつ》から顔を上げる。

「俺は律花が好きだよ」

「あ、そ、そう……」

ストレートに言われてしまい、律花は恥《は》ずかしくなり思わず俯《うつむ》いた。

「どうしたの？」

「……なんとなく、男の人ってみんな美人でスタイルのいい女の人が好きなのかなって」

「人によるんじゃないかな。俺は律花が一番好きだし」

彰文は頬杖《ほおづえ》をつき、ダイニングテーブル越しに律花を見つめた。

「そ、そっか……」

料理に集中するふりをしながら、素知らぬ顔をして相槌《あいづち》を打ったが、律花の頬は緩《ゆる》みっぱなしだった。

「そうだ、今度の日曜日に買い物行かない？　私、化粧品とか香水が見たくて」

機嫌のよくなった律花はシチューを皿によそいながら言った。

「それって今すぐ必要？」

彰文の前に皿を置くと、不満顔の彼と目が合う。

「あ、忙しかったらいいの。私ひとりで行ってくるから。化粧品なんて一緒に見てもつまんないもんね。それに――」

「香水なんていらないよ。化粧も今のナチュラルな感じで十分」

「え、でも……」

川原を意識するようになった律花は、少しでも大人っぽくなりたくて、雑誌を隅々《すみずみ》までチェックした。そして、化粧を変えて、いい匂いのする香水を付けてみようと思い至ったのだ。

けれど彰文は渋い顔のまま、横に立つ律花をじっと見る。

「香水は必要ない。律花のいい匂いが消えちゃう」

「え……私、何か匂いする？　シチューじゃなくて？」

肩の辺りに鼻を寄せて嗅《か》いでみるが、どうにもわからない。

「うん。俺しか知らない、俺の好きな匂いだよ。そうだね……朝起きた時の、律花の首筋の匂いが一番好きかな」

なんだそれは、と思いつつ首を傾《かし》げていると、彰文は律花の手を取りながら続ける。

「だから香水なんかいらないし、化粧も変える必要ないよ」

ならば、律花はどうやって川原と渡り合えばいいのか。色気でも負けていて、仕事の面でも追いつけない。

少し落ち込みつつ、律花は向かいの席に座る。食事を始めると、彰文はおもむろに口を開いた。

「杉本だっけ？　一緒に作業してる奴。アイツには気をつけてね」

「……どうして？」

男だから、と彰文は言った。ふと先月の村田の件を思い出してしまい、律花は眉間《みけん》に皺《しわ》を寄せる。

「わかってる。でも大丈夫だよ、杉本くんは会社の後輩なんだし」

「同じ会社の人間でも、年下でも、男だ。何かあった時に力では敵《かな》わない。男はオオカミだって言ったよね？」

スプーンを置いた彰文を見ると、すでに兄のような表情に変わりつつある。律花はげんなりした。

「わかった、気をつける。飲みに誘われても今度はきっぱり断ることにする」

「誘われたの？」

「……けど、断ったよ」

やっぱり、という顔をした後、彰文は表情を改める。

「いいかい、律花――」

「わーわーわー！　よくないー！」

説教が始まりそうな雰囲気を察《さっ》した律花は、急いで耳を塞《ふさ》いだ。

「気をつける！　だからお兄ちゃんみたいなこと言わないで！　彰文くんは私の彼氏？　それともお兄ちゃん？」

「……わかったよ」

納得していないような顔だったけれど、彰文はそれ以上何も言わなかった。

「最後にひとつだけ教えて。そいつに何か言われたの？　香水つけろとか化粧変えろとか？」

「そうじゃないけど……」

もしかして彰文は、律花の心境の変化は杉本が原因だとでも思っているのだろうか。

「私、彰文くんに似合う大人の女性になりたいなって思っただけ。香水つけたり、もっとお化粧も頑張ったりすれば、そう見えるんじゃないかなって」

そう言うと、彼は驚いたように目を見開いた。

「そっか……なんか俺、すごい恥《は》ずかしい。ヤキモチ焼いてた」

そして口元を手で覆《おお》い、少しだけ視線を逸《そ》らす。それがなぜかかわいく見えてしまう。

「……そんなにじっと見ないでくれる？」

「えー」

二人してひとしきり笑った後、彰文は律花に視線を戻した。

「まあ、とりあえず……背伸びなんてしなくてもいいんだよ。今のままでも大丈夫」

「そっか。うん、そうだよね」

彰文は今のままの律花を好きでいてくれる。だから変わる必要なんてない。

彰文の言葉に自信を取り戻し、律花は安心して眠りについた。

けれど夢に出てきた彰文は、どんどん律花から離れていき、ついには見えなくなってしまった。何度も名前を呼んだけれど、反響した自分の声しか聞こえない。

次第に声は嗄《か》れ始め、辺りは闇に包まれる。彰文がどこにいるのかもわからない。

「――花、律花！」

肩を大きく揺すられて、律花は目を覚ました。目の前に彰文がいるのに驚き、そしてほっと息を吐《は》く。彼がいなくなったのは夢だったと気づいたのだ。

「おはよう。そろそろ起きないと電車に間に合わないよ」

「あ、うん……」

「大丈夫？　怖い夢でも見た？」

力なく頷《うなず》くと、彰文は律花の額《ひたい》に唇を押しつけ、腕を回してぎゅうっと抱きしめてくれる。彼の温もりに、強張《こわば》った体から力が抜けていくようだった。

「さ、早く顔洗って着替えておいで。でないと車で送っちゃうよ」

立ち上がり離れようとする彰文のシャツを、律花は引き止めるように掴《つか》んでいた。

「今日、彰文くんと一緒に……出勤したいな」

「いいけど、内緒にしたいんじゃないの？」

「……うん、そうだよね。やっぱり——」

やめる、と言おうとした唇が塞《ふさ》がれ、そのままベッドに押し倒されてしまう。

「車で行くなら、あと三十分は余裕があるよね？」

彰文は手を伸ばし、律花のパジャマをたくしあげて腹部に唇を這《は》わせた。

「ちょ——」

「俺、三十分で律花を満たしてあげる自信あるけど、どうする？」

官能的な目で見つめられて、体がぞくりと疼《うず》く。けれど、律花ははっとして彰文の胸を押し返した。

「もう、どうもしないってば！」

「そう？　折角《せっかく》律花から誘ってくれたのに残念」

「さ、誘……!?」

彼は楽しそうに笑いながら、律花の唇にキスをして離れた。

今朝の夢が原因なのか、それともただ寂しかっただけなのか。どうして一緒に出勤したいなんて言ったのか、自分でもわからないまま、彰文と車に乗った。

会社の人たちに見られないよう気を使ってくれたのか、彰文は車を会社から少し離れたコインパーキングに停めた。

「先に降りて。俺はもう少ししたら向かうから」

「……あの、彰文くん」

「うん？」

シートベルトを外してこちらを覗《のぞ》き込んでくる彰文に視線を巡《めぐ》らせ、律花は身を乗り出して軽くキスをした。

すぐに離れようとしたにもかかわらず、彰文に後頭部を押さえ込まれてしまい、キスが深くなる。

「んっ……もう、彰文くん！」

「ごめん。でも律花からキスしてくれるとは思わなかったから、嬉しくてつい」

車の中とはいえここは外だ。いつもは恥《は》ずかしいからと外での触れ合いを拒《こば》んでいるのに、今日に限ってどうしてこんな大胆な行動をしてしまったのか。自分でもわからず戸惑ってしまう。

すぐに思い至ったのは独占欲。こんなキスひとつで彰文の心を自分のもとに留めておけるとでも思ったのだろうか。川原のことが脳裏《のうり》をよぎり、律花はぶんぶんと頭を振った。

「……えっと、じゃあ、また後で」

周囲を見回してから車を降りる。数歩ほど離れたところで振り返り、少しだけ声を張り上げた。

「送ってくれてありがとう。今夜は彰文くんの好きなオムライスにするね！」

彰文は笑顔で手を振り返してくれた。

食堂のとあるテーブルの前に着くと、律花は仁王立《におうだ》ちになって大声を出した。

「こらっ！」

「うわっ」

テーブルに突《つ》っ伏《ぷ》して寝ていた杉本は、がばりと起き上がりきょろきょろと辺りを見回している。

「杉本くん、とっくにお昼休み終わってるんだけど！」

「あれ、片倉先輩？」

まだ寝ぼけているのか、彼は律花を見て不思議そうな顔をした。

「まったくもう！　いくら待っても来ないから探しにきたの。杉本くんがいないと上の段ボール取れないんだから協力してよ！」

「もしかして、俺を頼りにしてるんですか？　嬉しいな」

「いい加減に――」

けれど律花の声は、きゃあきゃあと盛り上がる集団の声に掻《か》き消されてしまった。

見ると、廊下の先で段ボールを抱えている彰文が他部署の女性社員に囲まれていた。

どうやら近くに川原がいないため、他の女性たちに捕まってしまったらしい。

「わあ、オムライス好きなんですか？　私、お勧《すす》めのお店知ってるんです」

「最近この辺にできたイタリアンのお店も美味《おい》しいんですよ！」

「そうなんですか？　この辺は車でしか通らないから詳しくなくて……」

彰文は、愛想よく微笑《ほほえ》みながら差《さ》し障《さわ》りのない返事をしている。

彰文の邪魔をしている彼女たちの話を、彼は嫌な顔ひとつ見せず聞いていた。

彼は優しすぎる。だからそれを好意と勘違いしてしまう女性が後を絶《た》たないのだ。

「あの人いっつも女性に囲まれてるよね。しかも美人ばっかり！」

杉本が少し怒ったように言う。

「そ、そうだね……」

確かにそこにいる女性たちはみんな、川原に負けず劣らずの美人揃《ぞろ》いだった。そのうちのひとりが、笑いながら自然な仕草で彰文の腕に触れている。

今すぐ割り込んでやめさせたい。けれど、律花はどうすることもできず、ただ立ち尽くすばかりだった。彼の恋人は自分だと宣言する勇気もなければ、間に割って入ることもできない。

「ちょっと！」

その時、突然鋭い声がかかり、彰文の周りにいる女性陣がぴたりと会話を止めた。少し離れた先に腕を組んだ川原が、彼女たちを睨《にら》んで立っている。

「望月さんは仕事中なのよ。ちょっとは迷惑を考えたら？」

彼女たちは川原を恨めしそうに見ながら去っていった。

「望月さんも、迷惑ならちゃんと言ったほうがいいですよ。あの子たち、すぐ調子に乗るんだから」

「すみません、なかなか話を終わらせられなくて……助けていただいてありがとうございます」

彰文は苦笑いでそう言うと、川原に向き直った。

「女性に優しいのはいいですけれど、特別な人だけに優しくするほうが素敵だと思いますよ」

「……そうですよね。これからは気をつけます」

彰文は何か考えるように首を傾《かし》げた後、川原に視線を戻してにっこりと笑いかけた。

途端《とたん》、川原の顔がぽっと赤くなる。

これ以上は見ていられず、律花は逃げるように食堂を後にした。杉本が律花に続く。

本当は律花だって彰文を助けたかった。彼の役に立ちたかった。けれど実際に彰文を助けたのは川原だった。

何もできなかった自分に幻滅《げんめつ》している律花に追い打ちをかけるように、杉本が興奮した様子で話し始めた。

「ねえねえ片倉先輩、さっきの二人、いい雰囲気でしたよね！」

同意を求めるように律花の顔を覗《のぞ》き込み、そしてはっと気づいたような顔になる。

泣きそうな顔でもしていたのだろうか、と律花は急いで表情を改め、足を速めた。

「人のことはいいから、自分の心配でもしてなさい！　今日までにノルマ終わらなかったら残業だからね！」

倉庫に戻ると律花と杉本は黙々と作業を続けた。無言で手を動かしていると、杉本がちらちらと自分を盗み見ているのに気づいた。

「……何よ？」

「あ、いや……先輩って彼氏いるのかなって思って。いないですよね？　だって男慣れしてなさそうだし！」

きっぱりと断言されて、カチンとくる。

「失礼ね、ちゃんといるってば」

「え、ホント？　写真あります？　名前は？　何の仕事してる人？」

立て続けに質問され、律花は視線を逸《そ》らしてパソコンを操作する。

「何で杉本くんに言わなきゃいけないのよ。絶対内緒！　名前も秘密！」

「秘密っていうか、いないんでしょ？　嘘つかなくてもいいですよ。別に恥《は》ずかしいことじゃないし。ねえ、提案なんですけど、先輩の初カレが俺って、どうですか？」

「どうもしない！」

冗談なんだか本気なんだかわからない言葉に、律花はため息を吐《つ》きながら、パソコンから取り出したCD－Rを渡した。

「はい、これ終わり。次は？」

「ちぇっ」

彼は唇を尖《とが》らせながら、別のCD－Rを律花に差し出した。

その日を境に、律花は杉本から食事やデートに頻繁《ひんぱん》に誘われるようになった。片《かた》っ端《ぱし》から断っても杉本は諦《あきら》めず、しつこく律花を誘ってくる。

「ねえねえ、今度の土曜日デートしましょうよ。楽しいですよ？」

「いいから、その手を動かして！」

「はいはーい」

けれど、またしばらくすると、杉本は思いついたように口を開く。

「じゃあ、明日の金曜日、仕事終わったらご飯行きませんか？」

「行かない！」

律花はイライラしながら席を立った。

「ちょっと経理部戻るけど、ちゃんと作業続けててよね！」

律花の最近の悩みの種は、しつこく誘ってくる杉本と、女性に愛想がよすぎる彰文だった。

社内のほとんどの女性が彰文に熱を上げていた。聞けば、十人中十人が彼のことをイケメンですごく優しい人、と話すのだ。

重い足取りで経理部のフロアに戻ると、律花はちらりと彰文に目を向けた。

彰文は今、段ボールの中からパソコンや色々な機器を取り出して組み立てている。

「望月さん、もう一箱届いてました」

総務部の女性が大きな段ボールを運んでくると、彰文は手を止めて大股で彼女のもとへ向かった。

「ああ、すみません。言ってくれれば取りに行ったのに。重かったでしょう?」

さっと受け取り、恐縮する女性にさわやかな笑顔を向ける。彼女は顔を赤くしながら、逃げるように去っていった。

あの笑顔は反則だと、いつも近くで見ている律花でさえ感じる。

その証拠に、仕事中にもかかわらず、経理部の女性社員は手が止まっていた。ちらちらと彰文を見ては頰《ほお》を染めるのだ。

「はあ……」

律花はモヤモヤした気持ちを吐《は》き出すようにため息を吐《つ》いた。

「片倉さん!」

突然名前を呼ばれ、飛び上がるほど驚いてしまう。振り返ると、怖い顔をした川原が立っていた。

「こんなところで何してるの? 作業遅れてるって聞いたわよ。ちゃんと期間内に終わるんでしょうね?」

「あ、ご、ごめんなさい……ノートパソコンの充電ケーブルを忘れてしまって……」

「まったく。これじゃあ、新人の杉本くんのほうが役に立ってるわよ！」

川原はここぞとばかりに声を張り上げた。周囲の視線がこちらへ向いているのを、律花は背中で感じた。

「……すみません」

恥《は》ずかしさと惨《みじ》めさを感じて俯《うつむ》く。

「さっさと戻ったら？」

川原は律花にだけ聞こえるように呟《つぶや》いた。拳《こぶし》をぎゅうっと握って彼女に頭を下げると、律花は急いで経理部のフロアから出た。

誰にも会わずに倉庫へ戻り、涙が零《こぼ》れそうな目元を指で拭《ぬぐ》う。とぼとぼと奥へ向かうと、そこに杉本の姿はなく、新しい段ボールが無造作《むぞうさ》に床に置かれているだけだった。

「もう、続けててって言ったのに」

こんな姿を見られなくてよかったとほっとしつつも、律花は大きく息を吐いた。

段ボールを開け、ファイルを確認しながらＣＤ－Ｒを探していると、ふと手元に影が落ちた。杉本が戻ってきたのだろうかと顔を上げる。

「え、彰文くん！　どうしたの？」

急いで立ち上がり、彼の顔を凝視《ぎょうし》した。

「うん。頑張ってるかなって思って」

微笑《ほほえ》んではいるけれど、心なしか気遣うように、手を律花の頬《ほお》に置く。先程《さきほど》の出来事を見られていたのだろう。律花はその手から逃げるように視線を逸《そ》らすと、自嘲《じちょう》気味に笑った。

「頑張ってはいるんだけど……結果がついてこないんじゃダメだよね。ごめんね、本当ならとっくに半分終わってないといけないのに、彰文くんにも迷惑かけてる」

「律花――」

彰文に慰《なぐさ》めの言葉を言われたくなくて、律花は彼を遮《さえぎ》るように口を開いた。

「でも彰文くん、仕事ほったらかしてこんなところ来たら、川原さんが心配するよ。早く戻ったほうがいいんじゃない？」

かわいくないことしか言えないと、自分でも思う。けれどこのモヤモヤした感情を押しとどめておくためには、こうして憎まれ口を叩くしかない。

足元を見つめながら黙っていると、ふいに彰文が一歩前へ出て律花の背中に腕を回した。

「ちょ、彰文くん⁉」

「……疲れた。だから少しだけ充電させて。やる気が出るように、ね？」

「でも、ここ会社だし」

弱々しく抵抗しようとした律花の手を掴《つか》み、そのまま指を絡《から》める。

「きゃっ」

ふいに押されて、デスクに体を押しつけられた。これ以上倒れないようにと片手で体を支える律花に、彰文は微笑みながら顔を近づける。

二人分の体重がかかっているデスクがギシリ、と軋《きし》む。律花は観念して目を閉じた。

何度かキスを交わした後、彼がコツンと額《ひたい》を当てた。

「みんなに見つからないように、会社の隅《すみ》で隠れていちゃつくのも燃えるよね」

「そ、そんな！　杉本くんが帰ってきたら見られちゃう」

押し返そうとする律花を腕ごと強く抱きしめ、彰文が耳元で囁《ささや》く。

「……どうせなら、見せつけちゃう？」

驚いて目を見開く律花の額にキスをすると、彰文はゆるゆると腕の力を抜いた。

「なんてね。続きは帰ってからね」

頑張れ、とくしゃりと頭を撫《な》で、彼は去っていった。

「……充電できたのは私のほうだよ」

グロスの落ちた唇に触れ、ほう、と息を吐《は》く。まだ余韻《よいん》を残したまま、デスクにもたれかかっていると、ドアが開く音が聞こえて律花は我に返った。

「あれ、どうしたんです？　顔赤いですよ？」

「え、あ……何でもない！」

律花は急いで背を向けて、まだ熱を持つ頬《ほお》を両手で隠した。

「あれ先輩……なんかちょっと色っぽくてかわいい。何かあったんですか？」

隣に立ち、顔を覗《のぞ》き込んでくる杉本から逃げるように離れると、律花は出しっ放しの脚立《きゃたつ》に足をかけた。

「あ、あるわけないでしょ！　ばかなこと言ってないで作業続けるよ。この段ボール違うやつだしっ」

焦《あせ》っていた律花は二段ほど上ったところで足を滑らせた。体勢を崩し、くるりと視界が反転する。

「わあーっ」

落ちたのだと気づいた後に、膝《ひざ》に強い痛みが走った。

「痛い……でも、あれ？」

全身を打ちつけたはずの体は、膝以外に痛みはない。不思議に思いながら体を起こすと――

「痛《い》って……」

「え？」

律花の下には、なぜか杉本が横たわっていた。意味がわからず硬直していると、杉本は顔を顰《しか》めながら後頭部を押さえた。

「ったく、俺が頭打っただけでよかったですね」

「嘘、やだ、ごめん！　大丈夫？」

「大丈夫です。こういうのは男がやるって言ったじゃないですか。先輩は大人しくしててくださいよ」

怒ったような口調で言われて肩を落としかけたものの、律花ははっとして顔を上げた。

「って、いなかったのは誰よ！　元はといえば、杉本くんが原因でしょ！」

「あ、そっか。ははっ、すんませーん」

まるで反省が感じられない答えに、律花は脱力してしまう。

「で、もういい加減降りてくれませんか？　俺も健全な男子なんで、そこで暴れられると、反応するなって言われてもしちゃうんですけど？」

そう言われて初めて、自分の体勢に気づいた。律花は杉本の腰の上に馬乗りになっていたのだ。

「わーっ、きゃー！」

横に飛び降りると、腰を床につけたまままずるずると後ずさる。背中に壁が付くところまで離れ、両手で顔を隠した。

「ごめん、本当にごめん……ごめんなさい……」

恥《は》ずかしくて、この場から逃げ出したくて、律花は何度も謝り続けた。

「俺、先輩とならシてもいいですよ?」

そんな律花を見ていた杉本は、半身を起こすとにやりと笑った。

「……はあ? わ、私は嫌よ! 何言ってるの!!」

「へえ、何するかはわかるんだ。経験なさそうな顔して、実は色々知ってます? もしかして本当に彼氏いるんですか?」

そのまま四つん這《ば》いになり、肉食動物のようにゆっくりと律花に近づく。俯《うつむ》いていた律花は反応が遅れてしまい、気づいた時には杉本が近くまで迫ってきていた。

「そ、そんなの杉本くんには関係ないでしょ! これ以上近づいたら、ぶつよ!」

強い口調で言い放ち、思い切り手を伸ばして拒絶すると、彼は軽く肩を竦《すく》めて立ち上がった。

「ぶつって、子供の喧嘩《けんか》みたいですね。先輩のこと、いじめがいがあって好きになっちゃいそう」

「はあ?」

「ってか立てますか? 無理なら医務室までお姫様抱っこしてあげますけど」

「た、立てるわよ!」

手を差し出されたので、それを掴《つか》んで立ち上がる。すると杉本はわざと手を引いた。

ふらついた律花の腰に手を回し、ぎゅっと抱きしめる。

「うーん、やっぱり。先輩って思ったより小さくて軽いし、柔らかい」

「ちょっと、もう！　離して、ふざけないでよ！」

「あれ、ドキドキしない？」

「しない！」

杉本の香水とタバコの匂いに息を止めていると、遠くからチャイムの音が聞こえてきた。

「あ、昼休憩だ。じゃあまた午後に」

あっさりと律花を離すと、彼は何事もなかったかのように手を振り去っていく。そのうしろ姿を見ながら、律花はよろよろと壁に寄りかかって脱力した。

「……なんなのよ、もう」

杉本にからかわれたのだと気づいた律花は、がっくりと肩を落としてうなだれた。


「クソ！　マジおかしいだろ、あいつ！」

昼休憩終了のチャイムが鳴った数分後、杉本は力任せに倉庫のドアを開けると、足音も荒く戻ってきた。

「どうしたの？」

彼はイライラした様子で乱れたネクタイを結び直しながら言う。

「さっきトイレで同期のやつに、片倉先輩の胸が予想外にでかかったって話してたら――」

「はあ⁉ 何ばかなこと言ってんのよ！」

「いいじゃないですか別に。そしたら、うしろにいた望月さんに胸ぐら掴《つか》まれて『律花に何をした』って怖い顔で迫られて……めっちゃ怖かったから走って逃げてきたんだけど……」

「は――？」

開いた口が塞《ふさ》がらず、呆然《ぼうぜん》と杉本を見ていると、彼は探るような目つきで律花に向き直る。

「片倉先輩って確か、下の名前、律花ですよね？ もしかして望月さんとデキてるんですか？」

図星をさされて、律花は目を見開いたまま黙り込む。急いで何か言おうとした時、スカートのポケットの中のスマートフォンがブルブルと震え始めた。見ると、彰文からの着信だった。

「ここにいて！ 大人しく続きやってて！」

持っていたファイルを杉本に押しつけるように渡すと、律花は倉庫を飛び出して電話に出た。

「もしもし」

「律花」

電話口から聞こえた声は背後からも聞こえた。振り返れば、スマートフォンを耳に当てたまま、彰文が大股で近づいてくる。

「彰文くん、あの、杉本くんが言ってたことは……その、ちょっとした事故で——」

「忠告したはずだよね」

彰文の硬い声に驚いて、その場から動けなくなる。彼は律花の目の前で立ち止まると口を開いた。

「ああ、望月さん。こんなところにいましたか。少しいいですか？」

けれど、ちょうど現れた部長に声をかけられ、すぐに唇を引き結ぶ。

「……はい」

彼は、すがるように見つめる律花から目を逸《そ》らすと、踵《きびす》を返してその場から去っていった。

離れていく彰文の背中を見つめながら、律花はスマートフォンをぎゅっと握りしめる。

どうしよう……彰文は勘違いしている。杉本との間には何もなかったのだと説明したかったのに、それができなかった。

倉庫に戻ると、慌《あわ》てて入口から離れていく足音が聞こえた。奥へ向かうと、杉本は脚《きゃ》立《たつ》の上で段ボールを棚に戻していた。

「……あ、大丈夫ですか？」

ずっと見ていたくせに、何を言うか。

怒りを込めた目で杉本を睨《にら》むと、律花は短く息を吐《は》く。

「作業続けてて言ったよね？」

「す、すみません……」

杉本がぽつりと詫《わ》びる。それからの彼は、いつもと様子の違う律花に臆《おく》したのか、終始大人しかった。

会社を出ると、律花は駅前のスーパーで買い物をして帰った。

スマートフォンを何度も確認したけれど、彰文からの連絡はない。

彰文はきっと杉本とのことを誤解している。だから早く誤解を解きたい……

そわそわしながら買ってきた食材を冷蔵庫に入れていると、玄関の鍵が開く音が聞こえた。

律花は急いで玄関に向かう。

「彰文くん、おかえりなさい。あの——」

彼は何も言わずに玄関に上がると、律花に駆け寄り抱きしめた。

その背中に腕を回そうとして手を伸ばしたけれど、そうする前に、彰文が鼻に皺《しわ》を寄せながら律花を離した。

肩に手を置き顔を覗《のぞ》き込んでくる。その瞳は疑わしげに細められていた。

「……彰文くん？」

意味がわからず見つめ返していると、彰文は硬い声で呟《つぶや》いた。

「アイツのタバコと香水の臭《にお》いがする」

「え――」

その原因に思い至ると同時に、罪悪感で胸がいっぱいになる。咄嗟《とっさ》に彼の胸を押し返したが、彰文は律花を掴《つか》む手に力を込めた。

「アイツに何をされたんだ？」

痛いくらいに肩を掴まれ、揺すられる。

「答えろ、律花！」

問い詰めるように声を荒らげる彰文に少しだけ恐怖を感じた。律花は顔を顰《しか》めながらも、どうにか状況を説明しようと口を開く。

「な、何もされてない！　ただ私の不注意で、脚立から落ちちゃって」

「落ちたって……怪我《けが》は？」

「膝《ひざ》を打っただけ」

そう言うと、彰文は静かに息を吐《は》き、その場に跪《ひざまず》いた。

「赤くなってる」

膝に触れた手は律花の体温よりも熱かった。

「うん、でももう痛くないし、平気……」

「それで、どうしてそんな臭《にお》いが付くの？」

「あ、えっと……杉本くんが庇《かば》ってくれたの。私の代わりに下敷《したじ》きになってくれて……だから私は膝をぶつけただけで済んで……」

「それだけ？」

「えっと……その、落ちた時に上に乗っかっちゃって」

「乗っかったって、どういう風に？」

律花は、顔を真っ赤にしながら説明した。ただ、その後に腕を引かれ、抱きしめられたことは言えなかった。

「……そう」

すると彰文は、膝立ちのまま律花の腰に腕を回し、穿《は》いていたスカートのファスナーを下ろした。

「え、ちょっと」

「臭い。とりあえずこれ脱いで」

ストン、とスカートが床の上に落ちると、彼は次に律花のブラウスのボタンを外し始めた。

「ま、待って」

律花が止めるのも聞かず、ブラウスを脱がす。律花はあっという間に下着姿にされてしまった。

「あ、彰文くん――」

「まだ臭う」

立ち上がり、律花の髪に顔を埋《うず》めてそう言うと、腕を引きバスルームへ連れていった。

押し込むように律花を中に入れ、彰文は無言のままシャワーの蛇口《じゃぐち》を捻《ひね》る。

「え、ちょっと……このままじゃ彰文くんも濡《ぬ》れちゃうよ？」

「俺はいいよ」

律花は服を脱がされたけれど、彰文はスーツを着たままだった。彼はそのまま律花を壁際に追いつめ、頭上から勢いよくシャワーをかけた。

「きゃっ」

そして彰文は濡れた律花の頭をくしゃくしゃとかきまぜた。目に水が入り、しみてくる。彰文は、逃げようとして身を翻《ひるがえ》す律花の肩を掴《つか》み、壁に押しつけると、今度は唇を塞《ふさ》ぐ。

「んんっ」

抵抗しようと伸ばした手が彼の持っていたシャワーノズルに当たり、下に落ちた。けれど彰文はそれを拾わず、自由になった手で律花の手首を掴《つか》んで壁に縫い止めた。

「や、待っ……」

「待てない」

一瞬唇を離して呟《つぶや》くと、再び噛《か》みつくようなキスをされる。律花はそれを必死で受け止めることしかできないでいた。

しばらくして唇を離したかと思えば、今度は耳朶《じだ》を甘噛《あまが》みされる。首筋を辿《たど》り、肩に降りた口づけは、突然牙《きば》を剥《む》いた。

ピリッと鋭い痛みが走り、律花は噛みつかれたのだと気づいた。

ブラジャーの紐《ひも》が肩から外される。露《あら》わになった胸元に顔を埋《うず》めると、彰文は柔らかい肌にも歯を立てた。

「痛っ――」

彼を押しのけようにも、力では敵《かな》わない。

「あ、彰文くん……ねえ、彰文くんったら！」

必死で名前を呼んだが、彼は聞こえていないのか、無言で律花の背中に手を回し、ブラジャーのホックを外した。はらりと落ちた下着には目をとめず、彼は律花のパンティにも手をかける。

「ちょっと待って――」

噛まれたところがじわりと痛み、恐怖を呼び起こす。

「もうやだ、怖い……」

思わず口を付いて出た言葉が、彰文の動きをぴたりと止めた。

彼はゆるゆると顔を上げ、真っ直ぐに律花を見つめる。その目に、少しずつ感情が戻っていくようだった。

赤くなっている律花の胸元と肩に目を走らせると、彰文は辛そうに顔を顰《しか》めて、律花の肩に自分の額《ひたい》を押しつけた。

「……ごめん」

彰文の声が、シャワーの流れる音にまじってかすかに聞こえる。

「ごめん、痛かったよね。本当にごめん……」

息を吐きながら声を絞《しぼ》り出すと、彰文は唇で噛み跡に触れ、傷を癒《いや》すように舌を這《は》わせた。

「傷つけた……こんなこと、するつもりなかったのに……」

苦しそうな表情で彰文は律花を見つめた。

「……正直に全部話してほしい。杉本に何かされた？」

これ以上、嘘はつけない。つきたくない。

律花はその瞳を見返しながら答えた。

「脚立《きゃたつ》から落ちた後……抱きしめられた……」

気をつけると言っておきながら、注意が足りなかった。そのせいで今、こうして彰文を苦しめている。

そう思うと、自分が情けなくて泣けてくる。

「ごめんなさい。気をつけろって言われてのに、私……」

くしゃりと顔が歪《ゆが》み、律花は俯《うつむ》いた。濡《ぬ》れた頬《ほお》に涙が伝い落ちる。

「………お願い、嫌いにならないで」

消え入りそうな声で呟《つぶや》く。聞こえたかどうかはわからなかったけれど、ふいに力強い腕に抱きしめられた。

「なるわけないだろ」

ぎゅっと腕に力がこもる。

「律花のこととなると、俺のほうがダメになるみたいだ」

彰文は律花をきつく抱きしめたまま、ぽつりぽつりと話し始めた。

「律花が何か隠してるって思ったら……自分を止められなくなった。こんなに怖がらせて、本当にごめん……自分でも嫌になる。家でも会社でも余裕ぶって笑いながら、ずっと律花を盗み見て、いつも傍《そば》にいる杉本ってヤツに嫉妬してたんだ」

くすりと笑ったように彰文の体が揺れた。

「格好悪いよね。律花こそ、こんな俺を嫌いになったんじゃない？」

律花はぶんぶんと首を横に振る。

「私だって、ずっと嫉妬してたよ。彰文くん、みんなに優しいんだもん。私に対してだけじゃなかったんだ、とか、私だけが知ってると思ってた笑顔なのに、どうして他の人にも笑いかけるの、とか……そんなことばかり考えてた。みんな私よりも綺麗な人ばかりだから、いつ彰文くんが心変わりしてもおかしくないって、そう思ったら嫌で嫌でたまらなかった」

彰文が少し腕を緩《ゆる》めて律花を見つめる。

「頭ではわかってるの。彰文くんはすごく優しい人だって。優しくない彰文くんなんて、彰文くんじゃないもん。だから、私以外に優しくしないで、なんて言えなくて――」

「律花……」

「自分に自信が持てなくて、嫉妬することしかできない。こんな自分は嫌なのに、それ以上に彰文くんが他の人に優しくするのが嫌だった」

言いながら、律花は彰文の上着の裾《すそ》を固く握り、胸に顔を埋《うず》めた。

甘えるふりをしているけれど、本当は怖くて彼の顔が見れなかった。嘘偽《うそいつわ》りのない律花の気持ちを知って、彰文が離れてしまうのではないかと恐れていた。

するると、頭に温かい手がそっと触れた。

「俺たち、似た者同士ってことだったのかな」

「え？」

顔を上げると、彰文はいつもの笑顔だった。けれど心なしかいつも以上に晴れ晴れとしているような気もする。

「ごめんね。もう誰にも親切にしない。律花だけにする」

「そ、そこまでしなくてもいいの！　彰文くんは、いつまでも彰文くんのままでいてほしい！　優しくて、困った時はすぐ気づいてくれて、私はそんな彰文くんが好きだから」

力強く言うと、彰文は再び律花をぎゅっと抱きしめた。

「……シャツが濡《ぬ》れてて、触り心地最悪」

文句を言えば、彰文はわざと濡れたシャツに律花を押しつける。

ひとしきり笑った後、彼は濡れた衣類を脱ぎ捨てた。

「このまま一緒にシャワー浴びようか」

「え、い、いいよ……！」

戸惑い、その場から逃げ出そうとする律花を捕まえて、唇を塞《ふさ》ぎ舌を絡《から》める。

「んっ――」

歯列を割って口腔内《こうこうない》に侵入した熱い舌は奥へと押し入り、中をまさぐった。お互いの息遣いと共にキスが激しくなっていく。

抵抗することを諦《あきら》めた律花は、動きを真似するように彰文の舌を吸い、絡ませた。

「はあ……キスがうまくなったね」

つたない口づけにもかかわらず、彰文は恍惚《こうこつ》とした表情で満足そうに微笑《ほほえ》んだ。

気恥《きは》ずかしくて視線を逸《そ》らす律花の首筋に唇を這《は》わせながら、彼はくすくすと笑う。

その息遣いがくすぐったくて、身悶《みもだ》えていると、ふいに動きを止めた彼が律花の肩に触れた。そして胸元の噛《か》み跡を見つめる。

「ごめん、跡になっちゃったね」

苦しげに眉根を寄せる彰文に、律花は照れながら笑いかける。

「彰文くんのモノって印みたいで、私は嬉しい……けど」

律花がそう言うと、彼は口元を緩《ゆる》ませた。

「……煽《あお》ったな」

彰文は律花の腕を押さえ込むと、壁に押しつけた。動けずにいる律花の胸の頂《いただ》きを口に含み、ちゅっと強く吸い上げる。

「や、あ、煽《あお》ってな――っ」

舌で転がすように与えられる刺激は、次第にその中心を硬く敏感《びんかん》にさせていく。彰文はその様子を楽しむように頂《いただ》きを唇で押し潰《つぶ》し、軽く歯を立てた。

体の内側からぞくぞくしたものが這《は》い上がり、甘い刺激が律花を高みへと追いやっていく。

「は、あっ……」

思わず顔をのけ反《ぞ》らせて、熱い吐息を漏《も》らした。

「律花にちゃんと詫《わ》びたい。気持ちよくしてあげる。いい？」

彰文が有無を言わさぬ口調で尋《たず》ねる。

「う、うん……」

彰文はそのまま律花の腰を抱き、浴室の隅《すみ》に座らせた。

不思議に思う前に律花の膝《ひざ》が割られ、その間に彼が跪《ひざまず》く。

「え、やだ、待って――」

律花の制止も間に合わず、彼は足の付け根に顔を寄せると、割れ目に舌を這わせた。

蕾《つぼみ》を強く吸われ、びくりと腰を浮かせる。逃げようと後ずさる腰を押さえ込み、彰文は深く口づける。

「あっ、んんっ」

甘い快楽が背筋を辿《たど》り、全身を支配していくようだった。同じ部分を執拗《しつよう》に攻《せ》められ、律花は顔を逸《そ》らして息を漏らす。

理性を総動員して逃げようともがくが、逃げ道が見つからない。そればかりか、自身を支える腕ががくがくと震え始めた。

「それ、やぁっ」

「嫌じゃなさそうだよ。濡《ぬ》れてるし、どんどん溢《あふ》れてくる」

ちゅぷちゅぷと水音を立てながら強く吸われる度に、律花の理性は蕩《とろ》けていく。足を思い切り開かされ、彰文はより深く、感じるところへ舌を差し入れた。じわりじわりと近づく甘い疼《うず》きを受け入れるように律花は息を止める。

「やぁ、もっ、ダメ――」

律花は体をのけ反らせながら絶頂を迎えた。その余韻《よいん》に浸《ひた》りつつ、律花は力なく彰文に倒れかかった。

「気持ちよかった？　でもまだ終わらないよ」

彰文は濡れた服を脱ぎ捨てると、律花の体にバスタオルを巻いた。そのまま横抱きにしてバスルームを出て、ベッドへと移動する。律花が息を整えている間に避妊具を装着し、ぐったりと横たわる律花の膝を抱え込む。

「あ、は、あぁっ」

何の前触れもなく硬く猛《たけ》ったものを押し込まれ、律花は熱い吐息を漏《も》らすことしかできない。

潤《うるお》っていた中は、彼自身を容易に最奥《さいおう》へと導き、同時にきゅっと締めつけた。

「あき……んっ」

「ごめん、ちょっと余裕ない」

身悶《みもだ》える律花の唇を塞《ふさ》ぎながら、彰文は激しく腰を打ちつけた。

「あ、ああっ、やぁっ」

打ちこまれる度に、自分のものとは思えないほどの甘い声が口から漏れた。

激しい抽送《ちゅうそう》を繰り返され、何度も最奥を攻《せ》められる。

突き上げるような衝撃は律花を急速に高みへと追い立てていくようだった。

「激しっ――ダメぇっ」

それでも彼は動きを止めるどころか、よりいっそう腰を打ちつけた。律花はただ、潤《うる》んだ瞳で見つめ返すことしかできない。

「律花――」

つい先程《さきほど》達したばかりの体は、再び絶頂を迎えようとしていた。貪欲にもその快楽を受け入れようと、背中を反《そ》らせて、ぐっと息を止める。

「あぁっ」

次の瞬間、頭の中が真っ白に塗り潰《つぶ》されていった。

ぜいぜいと胸を上下させながら、律花は寄せては返す波のような余韻《よいん》に浸《ひた》る。

彰文は、律花の額《ひたい》に浮かぶ汗を手の甲で拭《ぬぐ》った。

「ごめんね。もう激しくしないから。次は律花の番だ」

彰文は律花の中からそっと抜け出すと、素早く避妊具を付け替えた。そして律花の腰を持ち上げ、自分の上に座らせる。目を瞬《しばた》かせる律花にキスをすると、ベッドに寝そべり、下から見上げる。

「さあ、おいで」

「え……えっ？」

狼狽《うろた》える律花を、彼は目を細めて見つめた。

「アイツにはできて、俺にはできないの？」

彰文は、律花が杉本に馬乗りになってしまったことを言っているのだ。

「そ、そんなんじゃ……」

「じゃあ、いいだろう？　おいで」

なんだか今日の彰文は意地悪だ。

そう思いつつも、律花は誘導されるままに腰を持ち上げた。彰文は微笑《ほほえ》みながら、大きく滾《たぎ》る彼自身を挿《い》れやすいよう、律花の秘部に押し当てる。

「いいよ。下りておいで」

大腿《ふともも》を撫《な》でられ、律花はゴクリと唾《つば》を呑み込む。息を大きく吸い覚悟を決めると、彰文のなめらかで引き締まった胸の上に手を置いて自身を支え、ゆっくりと腰を沈めていった。

「あっ、うっ、くっ……」

くぷりと埋め込まれていく彼自身に、内側が広げられていく。十分に潤《うるお》っていたそこは難なく彼を受け入れた。

「ん、はぁ……」

このまま深く穿《うが》てばどうなるのだろうか——誘惑に負けてしまいそうな予感がして、途中まで迎え入れたところで、律花は腰を浮かせたまま動きを止めた。

「律花？」

「ま、待って……やっぱり……」

それに、自分からこんなことをするなんて……律花は羞恥《しゅうち》に震えながら目を閉じ、これ以上は無理だと首を振り訴える。

すると、ふわりと空気が揺れ、彰文が笑ったのだと気づいた。

「しょうがないな……」

彰文は呟《つぶや》き、両手を律花の腰に添えた。次の瞬間、腰を一気に引き寄せられ、最奥《さいおう》まで貫かれた。

「あぁっ――」

脳天を貫くような快楽が全身を包み、律花は腰を反《そ》らしながら身悶《みもだ》えた。

「繋《つな》がったね」

「ひ、酷《ひど》い……」

ぞくぞくと這《は》い上がってくる快感が落ち着くのを待ちながら、律花は息を吐《は》いた。

「酷いのは律花のほう。よくもまあ、こんなに俺をじらせるよね」

くすくすと笑いながらも、どこか余裕のなさそうな表情で、彼は律花を見上げていた。

「で、動かないの？」

「……え」

「動いて。動かないと下から突くよ？」

半ば脅《おど》すような言葉に、律花は目を丸くする。

「動くって……でも、どうすれば……」

「自分の良いところに当たるように、好きに動けばいい」

優しく背中を撫でられ、試しに、とばかりに下から軽く突かれる。

「や、あぁっ」

律花は快楽に耐えながら、ふるふると首を振る。

しびれを切らした彰文は、そっと息を吐《は》くと、自ら腰を動かし始めた。

「ああんっ――」

突然の衝撃に思わず大きな声が出てしまい、律花は自分の口を塞《ふさ》いだ。

いつもと違う角度、そしていつも以上に深い快楽に、律花の体は即座に反応してしまう。

「ダ、ダメっ、やぁ」

息を整える暇もなく、何度も突き上げられ、律花は甘い声を上げながら身を捩《よじ》る。そしてその声が自分のものだと気づき、途端《とたん》に恥《は》ずかしくなった。

どうにか声を抑えようと、片手で自分の上半身を支えながら、もう一方の手で口を塞ぐ。

「ふっ、ん、んん――」

「我慢しないで。声、聞かせて」

口を塞いだままかすかに首を振ると、彼はスピードを速めた。

「やぁっ、お願――待ってっ」

最奥《さいおう》へと届く容赦《ようしゃ》ない刺激は、次第に速さを増していく。体を反《そ》らしながら、律花は昂《たか》ぶる欲情を必死になって抑え込もうとした。

「もう、無理……」

「降参する？」

こくこくと首を振ると彼は動きを止め、一度、自身を引き抜いた。そして律花を抱き寄せて深く口づける。

けれどほっとしたのも束《つか》の間《ま》、くるりとひっくり返されて腰を高く持ち上げられた。

「え――」

そして猛《たけ》る彼自身を、背後から最奥まで一気に貫かれる。律花はシーツに顔を押しつけたまま、その熱を再び受け入れてしまった。

「あっ、んっ」

背後から回された手は胸を揉み、先端を押し潰《つぶ》すように弄《もてあそ》ぶ。

「ダメ、も、ダメっ――」

「でも、自分から腰動かしてるよ」

「してな――ああっ」

律花は無意識のうちに、もっと強い刺激を求めるように腰を揺らしていた。

「まったく、律花は欲しがりやさんだな……」

彰文の熱い舌が、耳の中にぬめりと侵入する。

「やぁっ、それ、ダメっ」

耳朶《じだ》を噛《か》まれ、甘い痺《しび》れが体中を駆け巡《めぐ》る。残っていたわずかな理性が、溶けるように失われていく。

「はぁ、んっ、あぁっ……」

自分のものではないような甘い声が部屋に響く。

突き上げる動きが激しさを増し、無理矢理律花を高みへと追い立てていった。

「や、ああっ」

「はっ、律花――」

ふいに体を強く引き寄せられて、熱いものが放たれた瞬間、律花も体をきつく反《そ》らして果てた。

その後も何度も何度も求められ、突かれて、その度に律花は絶頂を迎えた。

「律花、愛してる」

彰文は幾度となく繰り返し囁《ささや》く。

いつの間にか律花は、甘い快楽の中で意識を失っていた。

9

翌日、杉本と顔を合わせると、彼はいつもと変わらず元気よく挨拶《あいさつ》をした。怒って酷《ひど》い態度を取ってしまったと後悔していた律花は、昨日のことなどなかったかのような彼の態度にほっとした。

「でね、俺、同期会の幹事になってたのに店の予約忘れてて――」

取り止めのない話を聞きながら、何枚目かのＣＤ－Ｒを受け取ろうと手を伸ばすと、律花が掴《つか》む前にさっと引かれた。

不思議に思って杉本を見ると、彼は伏《ふ》し目がちに口を開いた。

「そういえば昨日、望月さん大丈夫でした？　怒られませんでした？」

「あ、うん。怒られたっていうか、なんて言うか……」

その後の行為を思い出してしまい、律花は顔を赤くして俯《うつむ》く。

「ってことは、マジなんですか？　じゃあホントに先輩と望月さん付き合ってるんですか？　いつから？」

「え？　あ――」

杉本の誘導尋問《ゆうどうじんもん》にまんまと引っかかってしまったと気づいた律花は、しかたなく彰文との関係を説明した。

「へえ、お兄さんの親友ねえ」

「あとちょっとでこの仕事も終わるし、あんまり騒ぎにしたくないの。だからお願い、誰にも言わないで」

「じゃあ、ここにキスしてくれたら誰にも言わない」

そう言いながら、杉本は唇を指差した。

「し、しないわよ！」

「ちぇっ。冗談ですよ」

けらけらと笑う杉本がＣＤ－Ｒを差し出す。

「そういう冗談、ぜんぜん笑えない！」

それを受け取った律花が作業に戻ると、彼はどこか含みのある笑みを浮かべた。


それから数日後のことだった。

休憩中、律花が自販機でお茶を買おうとしていると、彰文と川原が通りかかった。無意識に彰文を目で追っていた律花は、彼の横にいる川原の視線に気づき、急いで目を逸《そ》らす。

そんな律花に見せつけるためか、彼女は足を止めると、彰文に向き直りにっこりと微《ほほ》笑《え》んだ。

「そうだ、ねえ望月さん。今日お暇です？　お食事でもご一緒にどうかと思いまして」

――え？

川原は人目も憚《はばか》らず、律花に見せつけるように彰文を誘ったのだ。律花はむっとしながらも、自分は彰文に愛されているのだから大丈夫だと何度も言い聞かせる。

それでも少し不安に思いながら彼の答えを待った。

「すみません、俺、結婚を考えている大切な人がいるんです」

「えっ」

驚いて声を出してしまった律花は、急いで口元を押さえた。じわじわと頬《ほお》が熱くなる。

……け、結婚⁉

衝撃の言葉に、買ったばかりのペットボトルが律花の手から滑り落ちて転がった。

「あっ」

そのペットボトルは彰文の足で止まり、彼が拾い上げる。

「彼女が悲しむといけないから、他の女性と食事には行けません」

律花にそれを手渡しながら、彰文は川原に向けてきっぱりと言い放った。ちらりと見上げれば、彼はどこか晴れ晴れとしたような笑顔だった。

「そ、そうですか……」

川原は顔を青くしたまま、拳《こぶし》をきゅっと握る。彼女と目が合い、律花は急いで視線を逸《そ》らすと、ぺこりと頭を下げてその場から逃げ出した。

ドキドキと騒ぐ胸を押さえながら、律花は平常心を保とうとする。

彼の言う大切な人が、律花だとは知られていない。けれど、なぜか川原に睨《にら》まれているような気がして、律花は背後を振り返れなかった。

それからしばらくは、何事もなく過ぎていった。

遅れていた作業もなんとか最終日までに間に合った。データを全て引き渡すと、倉庫を片づけ、久しぶりの通常業務に戻る。

彰文はフロアの端《はじ》に設置した新しいパソコンの前に座り、システムの最終調整を行っていた。これが済めば、彼のここでの仕事は終わるのだ。

長かったようで短かった二週間。今日は彰文の仕事の最終日ということで、業務終了後に慰労会《いろうかい》が予定されていた。そのため、経理部内は少しばかり浮き足立っている。

業務終了間近、律花はトイレから出たところで川原に呼び止められた。

「片倉さん、悪いんだけど倉庫でこの分のデータ探してきてもらえる？　杉本くんには別の仕事頼んだから」

「わかりました。これなら下の段にあるのでひとりででも平気ですよ。急いで探してきますね」

データの一部に不備があったらしい。律花は鍵とファイルを受け取ると、倉庫へと急いだ。さっさと見つけ出さなければ定時までに終わらない。彰文にも迷惑をかけてしまう。

けれど、すぐに見つかると思っていたデータはそこにはなかった。

「おかしいな。年度は間違ってないし、ここにあるはずなんだけど……」

もしや、片づける時に間違えてしまったのだろうか。そう思い、別の段ボールを引き出そうとした時だった。

ガチャン、と鍵のかかる音が聞こえてはっと顔を上げる。

「え……」

まさかと思いドアに向かうと、入口横のフックにかけておいた鍵が持ち出されていた。

「嘘でしょ――」

急いで駆け寄りドアノブを回すが、すでに外から鍵が掛けられていた。

「あ、あのっ、すみません、中にいます！　すみませーん！」

拳でドアを叩くが、聞こえていないのか、外からの反応はない。

「人がいるって気づかれずに閉められた？　でも電気はついてるし……」

その時、律花の脳裏《のうり》に川原が浮かんだ。ここに閉じ込めて戻るのを遅らせて、律花のせいで彰文に迷惑がかかったとみんなの前で騒ぎ立てるつもりなのかもしれない。

「はあ……」

ため息を吐《つ》き、ポケットの中を探る。が、そこにあるはずのスマートフォンがない。帰り支度《じたく》を終えてバッグに入れてしまったのだった。

「うわ、もう最悪……」

コツン、と鉄の扉に額《ひたい》を押しつける。ひんやりとした冷たさが律花の熱を下げていく。

「一瞬、おかしいと思ったんだよね。だってあの川原先輩が『悪いんだけど』なんて言うんだもん」

最終日で、慰労会《いろうかい》も控《ひか》えているのに、データに不備があったせいで彰文に残業させてしまうなんて……がっくりと肩を落としながら腕時計を見た。時間はすでに定時を三十分も過ぎている。

その時、律花はふと気づいた。

「ちょっと待って……データに不備があったらテストは成功してないはずだよね……」

数時間前、彰文は部長に、稼働《かどう》テストは成功し、不具合はないと報告をしていたではないか。

「ってことは……」

川原は律花に嘘をついた？

「でも、どうしてこんなこと……」

今日は慰労会……律花は机を片づけておいたし、バッグはデスクの下にある……ぱっと見れば、もう帰ったと思われるかもしれない。

「まさか……」

そう気づいた途端《とたん》、さっと血の気が引いた。

「嘘でしょ——あのっ、誰かいませんか！　すみません!!　開けて！」

慰労会があるから、経理部には人はもういない。バッグは人目につかないところに置かれていて、スマートフォンも手元にない。

しかも、今日は金曜日。最悪、月曜日まで誰にも気づかれないかもしれない——

「——誰かっ！」

律花は必死になって、声の限りに叫び続けた。

それから二時間ほど経《た》ったが、律花が閉じ込められていることに気づく人はいなかった。定時を過ぎて、社内に残っている社員も少ない上に、フロアから離れた場所にある倉庫の周囲は誰も通らないのだろう。

手と喉《のど》が痛み出し、ついには足から力が抜けて、律花はズルズルとその場にしゃがみ込んだ。

「彰文くん……私がここにいるって気づいてくれるかな」

壁に背中を預け、冷たいコンクリートの上で膝《ひざ》を抱えてうずくまりながら、律花はぽつりと呟《つぶや》いた。

それとも気づかれず、月曜日までこのまま？　いや、きっと彰文が探してくれるはず。

そう信じて、律花はきゅっと目を閉じた。

いつまでそうしていたのかわからない。

もう何度目かわからないため息を吐《つ》いていると、ガチャンと鍵が回される音が響いた。

ゆっくりと開いた扉の外に、誰かが立っている。

「あ、彰文くん⁉」

「――片倉先輩！」

けれど、期待を込めて見つめた人影は、別の人物だった。

「え……杉本くん？」

「見つけた。よかった……大丈夫ですか？」

肩で息をしながら、杉本は額《ひたい》の汗を拭《ぬぐ》った。

「川原先輩から、片倉先輩が残業してるって聞いて。でも、いくら待っても慰労会《いろうかい》に来ないし。それで仕事を手伝おうと思って会社に戻ったら、席にいないのにバッグはあるから、色々探して……最後に倉庫を思い出して」

「あ……き、気づいてくれてありがとう」

ほっとしたと同時に涙が零《こぼ》れそうになり、律花は慌《あわ》てて俯《うつむ》いた。

「早くここから出ましょう！」

杉本からバッグを受け取り、スマートフォンを確認すると、着信やメッセージが何件も入っていた。主任と先輩から数件ずつ、あとは全て彰文からだ。

「大丈夫ですか？　慰労会盛り上がってるし、今からでも楽しめますよ？」

律花の様子を心配してか、杉本がひょいと顔を覗《のぞ》き込む。

「それとも今日はもう帰ります？　そしたら俺、送っていきますけど」

「あ、うん……そうだね、どうしようかな」

正直、もう慰労会になんて行きたくなかった。行けば川原がいる。閉じ込めたはずの律花が現れたら、彼女はどんな顔をするのだろう。

川原と顔を合わせたくないと思う一方で、ここで逃げても意味がないとも思う。

肩を落として黙り込む律花に合わせるように、いつの間にか杉本も静かになっていた。

お互い何も話さず歩き出し、エレベーターを待っていると、律花のスマートフォンに北山からのメッセージが届いた。それには、彰文と川原がいつの間にかいなくなった、と書かれていた。

「な、何で——」

二人で抜け出した？　でも、どうして……？

とにかく急がなければ、と律花は顔を上げる。すると、ずっと黙っていた杉本が思いつめたような表情で律花の目の前に立った。

「すみません、先輩が倉庫に閉じ込められてたの、俺のせいかも」

「え……どういうこと？」

意味がわからず聞き返すと、彼はぽつりぽつりと話し出した。

「望月さんとのこと、誰にも言わないって先輩と約束したのに……ちょっと魔《ま》が差《さ》した。自分でも最悪なことしたって思ってる……」

そして彼は、川原が彰文に好意を寄せていることを知っていて、わざと彼女に律花と彰文の関係をバラしたのだと白状した。

「川原先輩は美人だから、言い寄られれば望月さんの心が揺れると思って……望月さんと別れれば、片倉先輩は俺のこと見てくれるかもと思った。でもまさか川原先輩がこんなことするとは思わなくて……本当にすみません！」

「……そんなこと……言われても」

杉本の告白が頭の中でぐるぐると回る。同時に、怒りの感情が波のように押し寄せてきた。それを何とか喉《のど》の奥に押しとどめながら、律花はゆっくりと息を吐《は》いた。

「助けに来てくれたことには感謝してる。でも私、簡単には許せない」

杉本と一緒のエレベーターに乗る気にはなれず、律花は踵《きびす》を返すと、すぐ横の階段へと向かった。

「待って、先輩」

後を追って来る杉本から逃れようと、律花は足を速める。

「ついて来ないで！」

一階まであと数段というところで、律花の足がもつれた。

「きゃ――」

「先輩！」

足を踏み外して下まで一気に落ちてしまった。しかし数段落ちただけだったので、痛みは思ったほど少ない。

杉本が追いつく前に立ち上がろうと、律花はよろよろと体を起こす。

「痛《いた》っ……」

けれど足首に痛みが走り、顔を顰《しか》めた。

「大丈夫ですか？」

「だ、大丈夫なわけないでしょ！　ついてこないでって言ったじゃない、ばかっ！」

叫ぶ律花を見て、杉本が力なく笑う。

「それだけ言えれば大丈夫ですね。ほら、手」

差し出された手を無視して、律花はなんとかひとりで立ち上がろうとするが、足が痛み、思うように力が入らなかった。目に涙が浮かび、急いで手でこする。

「先輩」

「いい！　触らないで！」

「でも俺、放っとけないよ」

「――いや、放っておいてくれ」

聞きなれた声に振り返る前に、律花の体がふわりと宙に浮いた。

「彰文くん⁉」

「これ以上、俺の律花に触れるな、と、昨日忠告したはずだが？」

彰文は律花を抱きかかえながら、冷たい視線を杉本に向けた。

「あ――」

そんな彰文を見て、杉本の顔が青くなる。

その時、正面玄関の自動ドアが開き、息を切らせた川原が入ってきた。

「も、望月さん……」

彼女は律花に気づくと、さっと顔を強張《こわば》らせた。

しんと静まり返ったエントランスで、最初に口を開いたのは彰文だった。

「律花、スマホは？　メッセージも送ったけど既読にならないし、ずっと残業してたのか？」

「あ、えっと……」

なんと答えればいいのかわからず黙っていると、杉本が申し訳なさそうに口を開く。

「片倉先輩、倉庫に閉じ込められてました。俺が川原先輩に、お二人が付き合ってるってこと話しちゃったから――」

「閉じ込められていた？」

それを聞いた彰文が背後の川原を振り返る。

「なっ……し、知らないわよ！」

けれど、彰文にじっと睨《にら》まれ、とうとう川原が感情も露《あら》わに叫び出した。

「……だから、ちゃんと杉本くんを向かわせたでしょ。たった数時間、ひとりで倉庫にいただけじゃない！」

「なるほどね」

そう呟《つぶや》くと、彰文は律花を抱きかかえたまま、川原の目の前に立つ。

「律花に謝ってください」

「は――」

勢いよく顔を上げた川原は、眼光《がんこう》鋭く見つめ返す彰文を見て、すぐに視線を逸《そ》らした。

「声が嗄《か》れてる。手もこんなに赤い。どこかに閉じ込められる恐怖がわからないなら、あなたにも同じことをしてみようか？」

冗談とも本気ともつかない言動に、川原は体を強張《こわば》らせていたが、やがて静かに息を吐《は》いた。

「やりすぎたわ。片倉さん、怖い思いをさせて、ごめんなさい……」

それを聞いて、彰文がちらりと律花を見る。

「あ、えっと……はい。私はもう大丈夫です」

そう答えると、彰文は用は済んだとばかりに歩き出した。

そのままビルの外に出ると、通りがかりのタクシーを止めて乗り込む。

「え、慰労会《いろうかい》は？」

「足くじいてるのに行きたいの？　もういいだろう」

行先を運転手に伝え、車は静かに走り出した。

「で、倉庫に閉じ込められてたって？」

「あ、うん……鍵締められちゃって、スマホも持ってなくて……」

俯《うつむ》き、膝《ひざ》の上でもぞもぞと手を交差させる。

「気づかなくてごめん。ひとりで心細かったよね」

そんな律花の手を握り、彼はぎゅっと力を込める。

「律花が残業してるって聞いたから待ってたんだけど、いつの間にか杉本がいなくなっていたから、嫌な予感がして会社に戻ったんだ」

そして、彰文の後を川原が追いかけてきたという。

だから北山は、彰文と川原が二人で抜け出したと誤解して、律花にあんなメッセージを送ってきたのだ。

「……よかった」

ぽろりと本音が漏《も》れてしまい、それを聞いた彰文は驚いて顔を上げる。

「どこがよかったんだ？　怖い思いをして、怪我《けが》までして、これのどこが――」

お説教の予感がして、律花は急いで口を挟む。

「あ、それよりも、なんか杉本くん、彰文くんのこと見てすごい怯《おび》えてた。何したの？」

「ああ……別に、ただ律花に構うなって話をしただけだよ」

それにしては、ずいぶん怯えていたように見えたけれど。

ふと、あの表情に既視感《きしかん》を覚え思い返してみる。確かあれは……律花を振った同級生や先輩と同じような顔ではなかったか。

「ねえ、彰文くん――」

「アイツの話はもういい。ほら、足見せて」

「え、ここではいいってば！」

押《お》し問答《もんどう》をしているうちに、タクシーはマンションへと到着した。

何度も大丈夫だと言ったのに、結局律花はタクシーを降りてからも、彰文に横抱きにされたまま帰宅した。

ソファーに座らせられると、彼は冷凍庫から保冷剤を持ち出し、タオルに包んで足首に当ててくれる。

「ありがとう。冷たくて気持ちいい」

「まだ痛む?」

「大丈夫。ちょっとくじいただけだし。あとは湿布《しっぷ》を貼っておけば――」

すると彰文は、フローリングの床に膝《ひざ》をつき、律花の足に顔を寄せ、おもむろに足首にキスをした。

「ちょ、ちょっと彰文くん!」

「少し腫《は》れてるね」

「う、うん。でも、本当に大丈夫だから……」

彼はじっと見つめ、今度は律花の両手を握った。倉庫のドアを叩いていたその手は、明るい室内でよく見れば赤く腫れていた。

「もっと早く気づくこともできたのに、俺は……」

優しいキスが律花の手に落ちる。

「もう、まだそんなこと言ってるの？　気にしすぎ」

「でも……」

言葉を続けようとする彰文の手を、律花は自分の頬《ほお》に寄せた。彼の手の温もりを肌に感じながら目を閉じる。

「助けに来てくれてありがとう。私、好きになった人が彰文くんでよかったって思ってるよ。これからもずっと一緒にいてくれる？」

「……今ので俺の理性が崩壊した。責任取ってくれる？」

「えっ」

驚いて目を見開いているうちに彰文が立ち上がり、距離を詰める。

「ま、待って、足が──」

「痛くしない。優しくするから」

そう言うと、彼は再び床に跪《ひざまず》き、律花の右足を持ち上げて踝《くるぶし》にキスを落とした。

冷やしていた部分に熱い唇が押しつけられただけで、ぞくりと肌が粟立《あわだ》ち、下腹部がじくりと疼《うず》いてしまう。

「あ、彰文くんっ」

「いい？」

口づけは膝《ひざ》にのぼり、手の平が滑るように内腿《うちもも》を撫《な》でる。

「だめっ、あっ……」

膝が割られ、キスが迫ってくる。けれど、彰文はなぜか触れて欲しいところには一切手を伸ばしてこなかった。

「いい？」

その代わり、もう一度尋《たず》ねられる。

律花が許可をしない限りは何もしないということなのか。

「わ、わかった……」

だから律花は、顔を赤くしながらも素直に頷《うなず》いた。

「何がわかったの？」

「え？　あの、だから……いいよ？」

「何がいいの？」

けれど、彰文はくすくすと笑って、律花の大腿《ふともも》を撫で続けている。

「だ、だから……もうっ！」

恥《は》ずかしさを堪《こら》えて首を縦に振ったのに、お預けをくらってしまう。律花だって理性が崩壊する寸前だった。

「い、意地悪しないで……」

　ドキドキする胸を押さえつつ、律花は彰文に顔を寄せ、自らキスをした。頬《ほお》に触れ、舌で唇を割り押し入れる。そして、少しだけ唇を離すと、彼の目を見つめて囁《ささや》いた。

「……し、しよ？」

「律花」

　一瞬だけ面食らったような表情をした彰文に、素早くソファーに押し倒されてしまう。

「きゃっ」

　目を開ければ、律花の上には乱暴にネクタイを外す彰文の姿。

　彼はシャツのボタンを外すと、律花のブラウスの裾《すそ》から手を差し入れた。そのままブラジャーをたくしあげて、胸元をさらけ出す。

「あぁっ」

　ちゅっと頂《いただ》きを口に含まれ、律花の体がぴくんと反応した。

「律花はこれが好きだよね？」

　柔らかい舌先は執拗《しつよう》に突起を貪《むさぼ》り、手の平は優しく胸を揉みしだく。

「そこばっかり……やぁっ」

「嘘ばっかり」

　熱い吐息を漏《も》らす唇は、首筋を辿《たど》り耳朶《じだ》をくすぐる。

「んんっ、彰文、く……」

彰文の足が、律花の膝《ひざ》を割り、ぐりぐりと刺激を与え始めた。

「あ、やぁっ」

「でも、待ち遠しい？」

そんな言葉に顔を赤くしながらも頷《うなず》き返すと、律花は体から力を抜いて彼の首に腕を回した。

お互い、脱げかけた服のまま唇を重ね、貪《むさぼ》るように求め合う。

律花の着ていたブラウスは、いつの間にかボタンが外され、スカートは腰辺りまでまくり上げられていた。

そしてするりと下着を脱がされて、隠されていた秘所に指が這《は》う。

「あ、んんっ」

何度もやさしいキスをしながら、彼は蕾《つぼみ》へと甘い刺激を与え始めた。

「や、それっ」

濡《ぬ》れて潤《うるお》っている内部《なか》を優しくかき回す指は、一本から二本に増やされて、律花の気持ちいいところを執拗《しつよう》に攻《せ》め続ける。

「はぁ、あぁっ……彰文、くん」

「そろそろ挿《い》れてほしい？」

「ほ、欲しい……」

「今日は正直だね」

彰文は笑みを深めると、体を離して避妊具を装着した。

「あ――んっ」

奥まで一気に貫かれ、律花はくっと喉《のど》を反《そ》らす。

それから彼は、静かな動作で抽送《ちゅうそう》を繰り返した。まるで律花の足に負担をかけまいとしているように、優しく、ゆっくりと。

だから、もっと、と体が切なく疼《うず》いてしまう。

「あ、彰文くん……その――」

すると彰文は、繋《つな》がったまま、おもむろに体を起こした。

「楽な体勢にしよう。俺の上に座って」

言うが早いか、彼は律花の背中に腕を回し起き上がらせて、ぐいと引き寄せる。

「わっ」

気づけば律花は、彰文の膝の上にいた。その間、彼の熱は離れることなく繋がったまだ。

「これなら、足も痛くないでしょ？」

「さっきも痛くなかっ、ん――」

キスをしながら、彼の手は無防備な背中や腰を撫《な》で続ける。

「これならキスもしやすいし、好きなだけ律花に触れられる」

「も、もう……」

頬《ほお》を膨《ふく》らませつつも、律花は彰文の肩に腕を回してそのキスに応《こた》えた。

膝《ひざ》の上。いつもは見上げる彰文の顔が、目の前にある。同じ高さで視線を合わせられるのが不思議な感じだ。

「はぁ、律花……」

静かな室内に響くのは、ソファーのスプリングが軋《きし》む音と、二人の熱い息遣い。時折、彰文がわざとらしくちゅっと唇を吸った。

ベッドとは違った揺れは浮遊感《ふゆうかん》をともない、律花をより深い快楽に引き込んでいくようだった。

「彰文くん……好き……」

「うん、俺も」

触れ合う素肌は熱く、眩暈《めまい》がするほどの甘い刺激が律花を高みへと急《せ》き立《た》てる。

「律花、自分から腰振ってる」

「え、ち、違っ、これはソファーが……んんっ」

背中に回された彰文の手が律花の腰を撫《な》で、唇は首筋を辿《たど》る。

まるで体中が性感帯になったようだった。触れられるだけで、内部《なか》から蜜が溢《あふ》れ出《だ》すのを感じる。

「あっ、はぁ……」

ぐりぐりと抉《えぐ》るように与えられる刺激に腰をくねらせながら、律花は彰文にすり寄った。

「気持ちいい？」

「う、んっ……いい」

律花は彰文の背中に腕を回し、肩口に頬を寄せる。

この体勢になってから、軽く揺すられるだけで奥に当たって気持ちがいい。

「あ、んっ……」

彰文は律花の腰を抱きながら、ゆっくりと動いていた。

これなら確かに足に負担はかからないけれど……

「あ、彰文くんは……？」

息を切らせながら、律花が問う。

「うん？」

「彰文くんは……気持ちいい？」

いつもと違ってスローなテンポに、律花は首を傾《かし》げた。

もっと激しいほうが、彼にとっては気持ちがいいのではないか、と。だから彰文は、今のままでは物足りないのではと感じた。

「俺も、気持ちいいよ」

そう言いながら微笑《ほほえ》み、ちゅっと唇を食《は》む。

「律花のイった表情を見るだけで、俺もイけるから」

「えっ」

それを聞いて、かあっと頬《ほお》が熱くなる。

「はは、照れてる」

「も、もうっ！」

律花は彰文の肩に顔を埋《うず》めるようにして顔を隠した。

「……愛してる律花」

彰文が律花の髪を手で梳《す》きながら囁《ささや》いた。

「私も……彰文くんを、愛してる」

この日は何度もキスをして、愛を確かめるように、優しくゆっくりと互いを求め合った。


それから三日後の月曜日。夕食を終えると、律花はどさりとソファーに体を投げ出した。

「疲れてるね。言ってくれれば夕飯作らなくても済むようにしたのに」

「え、代わりに作ってくれるの？」

「ううん、外食に誘った」

そう言いながら、彰文は律花の隣に座り、淹《い》れ立ての紅茶をテーブルに置く。

「疲れてるわけじゃないんだけどね、朝から会社行きたくないって思ってたから……」

先週、あんなことがあってどうなることかと思っていたけれど、その心配は杞憂《きゆう》に終わった。顔を合わせても、川原と杉本には何も言われなかった。

川原は律花を極力視界に入れないようにしているようだったし、杉本に至っては律花を怯《おび》えた目で見ていた。杉本に何をしたのかと彰文を問いつめたけれど、結局何も教えてくれなかった。

そんなことをぼうっと考えていると、彰文は律花の頭をぽんぽんと撫《な》でた。

「もしも会社に居づらいなら、辞めるのもありだと思うよ」

「はあ？　冗談はよして。まだ入社二年目よ？　これくらいで辞めたりしないってば」

「残念。でも何かあったらすぐ言ってね。俺、律花と子供の一人、二人ぐらいなら養えるから」

「うん、ありが――ええっ！」

驚いて顔を上げると、彰文はくすりと笑った。それからふと真顔になり、じっと律花を見つめる。

「あとね、律花にいいものあげる」

そう言いながら鞄《かばん》から取り出したのは、小さなリングケース。中には花を模《も》したかわいらしいリングが入っていた。

「……いいの？　誕生日もクリスマスもまだ先なのに」

「もっと早く渡しておけばよかったって思ったけどね。受け取ってくれる？」

頷《うなず》き、右手を差し出すと、彰文は笑って律花の左手を取った。そして薬指に指輪を通す。

「え――」

「うん、似合うよ。今はまだ普通のリングだけど、いずれ婚約指輪をプレゼントするつもり」

にっこりと笑顔を向けられ、しかもさらりと爆弾発言までされて、律花は顔を赤くしながらぱくぱくと口を動かすことしかできなかった。

「お礼が欲しいな」

「え……あ、どうもありがとう」

「そうじゃない」

耳元で囁《ささや》きながら、首筋に口づける。

「あ――」

甘い雰囲気にぞくりと身を竦《すく》ませ、律花は彰文を見返した。

「ソファーとベッド、どっちがいい？　それか、そうだな……立ったままキッチンで、とか？」

「な、何の選択よ、ばかっ！」

顔を真っ赤にしながら叫ぶと、彰文はくすくすと笑みを零《こぼ》した。

肩を押され、ソファーに押し倒される。彼の顔が間近に迫り、律花がそっと目を閉じた、その瞬間――

「おーい律花！　お兄ちゃんが帰ったぞ！」

ガチャ、と玄関のドアが開き、ここにはいないはずの正義の大声が聞こえてきた。

「え……お兄ちゃん？　何で――」

彰文の顔を見ると、彼ははっとした様子で、忘れてた、と一言だけ呟《つぶや》いた。

「ったく、鍵開けっぱじゃねーか。不用心だな」

リビングに近づいてくる足音に気づき、律花は彰文を押しのけて立ち上がる。

「お、お兄ちゃん！　何で急に帰ってきたの⁉　仕事はクビ？」

「はあ？　彰文には伝えておいただろ。会議に出るために一週間だけ帰ってきたんだよ」

彰文を振り返ると、彼は軽く肩を竦《すく》めた。

「ごめん、俺が伝え忘れた。でも律花が定期的にメールを返していれば、聞いてたはずだよ」

遠回しに自分のせいだと言われてしまい、律花は頬《ほお》を膨《ふく》らませる。そして文句を言おうと口を開きかけた時、自分の左手に光るリングに気づき、急いで背中に腕を隠した。

「ん？　どうした？」

「べ、別に……あ、おかえりなさい！」

そして彰文に目配せをする。彼は、心得たりといった様子で軽く頷《うなず》いた。

けれど彼は、律花の隣に立つと、隠していた律花の左手を取り、指輪を掲《かか》げるように持ち上げた。

「まだ言ってなかったけど、俺たち付き合うことになった。結婚も考えてる」

「え、ちょ――」

たった今、内緒にしようってアイコンタクトしたばかりなのにっ！

顔を青くしたまま、律花は恐る恐る正義を見る。思った通り彼は驚愕《きょうがく》の表情を浮かべて、その場に固まっていた。

「あの、お兄ちゃん……？」

「はっ――」

律花の問いかけでショックから立ち直ると、正義は彰文に鋭い視線を向ける。

「てめえ、俺が何のために律花を託したと思ってんだ！　いつか、しかるべき相手に嫁に行くまで守るためだろうが！」

正義はそう言いながら彰文の胸ぐらを掴《つか》み、がくがくと揺すり始める。

「やだ、ちょっと――お兄ちゃん落ち着いて！」

このままでは彰文が殴られてしまうかもしれない。律花は慌《あわ》てて正義を止めようとしたが、背の高い二人に挟まれて、なす術《すべ》がない。

そんな律花を庇《かば》うように、彰文は律花に腕を回し、冷静な声で言った。

「正義の考える、しかるべき相手っていうのはどんな奴なんだ？」

「……そりゃ、真面目で誠実で、律花のことを第一に考えてくれて、そこそこ稼いでて、律花も俺も認めるような男に決まってんだろ！」

それを聞いて、律花ははたと兄を見据《みす》える。

「それって、つまり彰文くんってこと？　もしかしてお兄ちゃん、私の恋路の邪魔をしてたのは、彰文くんと私をくっつけるため？」

「なんか、そうみたいだね」

胸ぐらを掴まれながらも、彰文は笑って答えた。

「ば、ばかなこと――え、そうなのか……？　俺はずっと、そう思っていたのか？」

混乱しているのか、正義は自分の言ったことが信じられないというように、頭を抱えてその場に膝《ひざ》をついてしまった。

「彰文くん大丈夫？」

律花は、兄の手から解放された彰文に向き直り、つま先立ちになって顔を覗《のぞ》き込む。

「俺は平気だよ。でもシャツのボタンが取れかかってる」

「ほんとだ、後で付けてあげるね」

そんなやり取りを見ながら、正義は呻《うめ》いた。

「り、律花！　そんな男から離れろ！」

「そんな男って、お兄ちゃんの親友でしょ！」

「……いや、認めん！　俺は断じて認めんぞ!!」

言うが早いか、正義は立ち上がり、律花に腕を回して彰文から引きはがした。

「ちょっとお兄ちゃん、いい加減にしてよ！」

「ははっ、いざとなったら、俺が律花を攫《さら》ってどこまでも逃げるよ」

彰文はそう言って一歩前に出ると、律花の頬《ほお》に唇を寄せた。

「おい、コラ！」

「もうっ！　だから内緒にしようって言ったのに！」

二人の間に挟まれながら、ふと頭をよぎったのは、十四歳の時の出来事。

正義のせいで先輩に振られてしまった時に言われた、彰文の言葉だった。

「『運命の赤い糸』って聞いたことあるだろう？　りっちゃんの小指には目に見えない糸が結んであって、それがちゃんとどこかの誰かと繋《つな》がってる。この世でたったひとりだけね。その人となら、いくら正義が邪魔しても、決して縁《えん》が切れることはないんだ」

それって、もしかして――

目には見えない赤い糸の先を辿《たど》り、律花は彰文を見つめる。彼はその視線に気づくと、昔と変わらない優しげな笑みを浮かべた。

書き下ろし番外編

ビフォア・マイ・フェア・ハニー

「おにいちゃん、あきふみくん！　まってー！」

後ろから掛《か》けられる小さな声に、彰文は足を止めて振り返った。

「彰文、何やってんだ！　早く行くぞ！」

「でも、りっちゃんが——」

「いいんだよ放っておけば。追いつけないとわかれば諦《あきら》めて帰るんだから」

正義はそう言うが、山道を必死になって追いかけてくる四歳の女の子を前にして、彰文はどうしていいのかわからない。

正義の幼い妹、律花は、夏休みに入ってからというもの、何をするにもどこへ行くにもついてくるようになっていた。いつもは小学校に通っている兄たちが家にいるのだから、律花からしてみれば、嬉しくて仕方がないのだろう。

朝の九時。朝食をとってから、彰文は虫捕りあみと虫かごを持って正義の家に向かった。約束通り呼び鈴を鳴らさず、そっと玄関のドアを開けたのだが、来るとわかっていたのか、お気に入りの赤いワンピースを着て靴《くつ》を履《は》いた律花が玄関で待ち構えていたのだ。

律花がいると邪魔になる、というのはここ最近の正義の口癖《くちぐせ》。それに、小学五年生にもなって公園で小さい女の子と遊んでいるところをクラスメイトに見られるのが恥《は》ずかしいらしい。友達にからかわれるのが嫌なのだ。

兄妹のいない彰文からしてみれば、別段気にするような事ではないと思うのだけれども。

「なんで、さきにいっちゃうの！」

「えっと……」

息を切らせながら、彰文に追いついた律花はぷうと頬《ほお》を膨《ふく》らませた。

確かに、正義の言う通り、律花がいると自分のしたいことができなくなる。今日は自由研究の昆虫採集の方が重要課題だった。

彰文は律花の目線に合わせて腰を落とすと、すまなそうに言う。

「ごめんね、りっちゃん。今日は遊んであげられないんだ。夏休みの宿題で、自由研究をしなくちゃいけないから」

「えー、やだぁー！　いっしょにあそびたい！」

律花は離すものかと彰文の腕をきゅっと掴《つか》んだ。我儘《わがまま》を押し通そうとする時の彼女の癖《くせ》だ。

「ったく、彰文がもたもたしてるからメンドクセーことになったじゃねーか」

「でも、無視するわけにもいかないだろ？」

「あっそ。おれは無視する！」

先行ってるからな、と言う正義の声に焦《あせ》りながら、彰文は腕から律花の手を解《と》いた。

「帰ったら一緒にお人形で遊ぼう、ね？　だからりっちゃんは先に家に帰るんだよ」

ぽんぽんと頭を撫《な》でてから、彰文は正義の後を追った。今振り返れば、泣きそうな顔をした律花がいるだろう。それを見てしまったら、きっと決意が揺《ゆ》らぐ。

そう思ったから彰文は、一度も振り返ることなくその場をあとにしたのだった。

正午を告《つ》げる鐘の音が、近所の寺から聞こえてきたところで、二人は虫捕りを中断して一旦家へ帰ることにした。歩きながら彰文は、肩に下げた虫かごを覗《のぞ》く。

かごの中には彰文が捕まえた数匹の虫が入っているが、中でも特別な虫が一匹。メスのツクツクボウシだ。捕まえにくいセミで、これを彰文が見つけて捕まえた時、正義はとても悔《くや》しがったほどだ。

次の出陣《しゅつじん》は夜、正義の父親が帰って来てから。カブトムシの捕まえ方を教えてくれるらしい。

「あ、正義、ちょっと待って」

彰文は律花へのお土産《みやげ》に名前も知らない黄色い花を摘《つ》んで帰った。遊んであげられなかったせめてものお詫《わ》びだった。

玄関のドアを開ければ、きっと律花がぱたぱたと駆けてくる。少しばかり怒っているかもしれないが、花をプレゼントすれば、きっと機嫌も直るだろう。

「ただいまーっ」

「お邪魔します」

そう思っていた彰文だったが、予想に反し律花は現れなかった。虫捕りあみと虫かごを玄関に置き、居間へ向かう。

台所にいた正義の母親は、手を拭きながらおかえり、と振り返った。

「いい虫は見つかった？　彰文くんのお昼ご飯も用意してるけど食べるわよね？」

「はい、いただきます」

彰文が行儀《ぎょうぎ》よく答える。

「律花のことも見てくれてありがとう。邪魔だったでしょう？」

「え、いいえ、りっちゃんは……」

そして、はたと気づく。家の静けさに。律花がいないという事実に。

「あら、一緒じゃないの？」

「あの……ぼく、ちょっと外見てきます」

怪訝《けげん》な顔をする正義の母親にそう言い残し、彰文は家を飛び出す。周囲を見渡すが、律花の姿は見えない。

「あいつ、あの後もずっとついてきてたから、もしかして森で迷子になってるのかも」

彰文の後からのろのろとついてきた正義が面倒くさそうに呟《つぶや》く。彼の視線の先は、先ほどまで虫を探し回っていた森だ。

「え、ついてきてたって……お前、そのこと知ってたのか？」

「だからなんだってんだよ。おれたちが見えなくなれば、フッーは諦《あきら》めて帰るだろ？」

正義の無神経な言い方に、無性に腹が立ってくる。

「転んで怪我《けが》してるかもしれない。もしかしたら迷子になってるかも。りっちゃんはまだ四歳なんだよ？」

「ははっ、そんなわけ――」

「お前、りっちゃんの兄貴なんだろ！　ひどいことするなよ！」

怒りに任せて叫び、彰文は駆け出した。

「お、おい彰文！　どこいくんだよ⁉」

「りっちゃんを探しに行く！」

振り返ることなく言い放つ。あの時、自分が振り返っていれば、律花がついてきていたことに気付けただろうか。

どうして一度も振り返らなかったのだろう。拳《こぶし》をぎゅっと握り、律花と最後に別れた森へと彰文は急いだ。

「りっちゃーん！　りっちゃん、どこー？」

大声で何度も呼びかけるが、返事はない。

もしかしたら、すでにここにはおらず、家に帰ったのかもしれない。途中ですれ違わなかったのは、律花がどこかで寄り道していたからかもしれない。

森と呼んではいるが、横に逸《そ》れなければ子供の足でも通り抜けるのに三十分とかからない小さな森林地帯だ。反対側から抜けて、探すのを諦めて帰った可能性もある。

「もう、ここにはいないのかな……ひとりで帰れたかな」

額《ひたい》から流れる汗をシャツの袖《そで》で拭《ふ》き取りながら逡巡《しゅんじゅん》する。

その時、どこからかゴロゴロという音が聞こえてきた。晴れていたと思っていた空は、いつの間にか厚い雲が覆《おお》い、瞬《また》く間に太陽を隠した。

そのうち雨が降り出し始めた。夕立《ゆうだち》だ。激しい雨はあっという間に地面を濡《ぬ》らし、泥《どろ》水《みず》となって足元を流れていく。

辺りを注意深く見渡し、彰文は小走りになりながら、木々の間に目を凝《こ》らす。

「うわっ」

足元が疎《おろそ》かになっていたせいで太い幹に足を取られて派手に転んだ。手の平と膝《ひざ》に痛みが走るが、彰文はぐっと息を止め、唇を噛《か》み締めながら立ち上がる。

泥だらけの膝を覗《のぞ》くが、傷の様子がわからない。なるべく見ないようにしつつ、じくじくと痛む足を無視して前へと進むことにした。

正義にあんな啖呵《たんか》を切って走ってきたのに、律花を見つけられず、しかも転んで怪我《けが》をして帰るなんて――恥《は》ずかしさと悔《くや》しさで涙が滲《にじ》む。

「――っ」

突然の稲光《いなびかり》と共に聞こえた爆音に、彰文は咄嗟《とっさ》に耳を塞《ふさ》いだ。

何が起きたのかわからなかった。ばくばくと鳴り始める心臓を押さえながら周囲を見渡す。どこかに雷が落ちたのだろうと気付いた彰文は、しばらく耳を澄《す》まして辺りの様子をうかがった。

雨音しか聞こえない中で、すすり泣く声が聞こえた気がした。

「りっちゃん？」

はっとして走り出す。

「りっちゃん！　どこ!?」

彰文は叫びながら当てずっぽうに走った。

開けた場所に出るとすぐ、赤いワンピースが見えた。木の根元でうずくまって泣いている律花だった。

「りっちゃん！」

やっと声が聞こえたのか、がばりと顔を上げた律花が彰文に目を止める。

「あきふみくん」

彰文が駆け寄ると、律花が顔をくしゃりと歪《ゆが》ませた。

「どこにいたの？　ずうっとさがしてたのに」

「ごめん、ごめんね、りっちゃん」

「えーん、こわかったよう」

力を込めて抱きしめる。

「ひとりにして、本当にごめん。もうどこにも行かないから大丈夫だよ。一緒に帰ろう」

泣きじゃくる律花に腕を回し、トントンと背中をさする。

「約束する。ぼくがずっと傍《そば》にいるから、もう泣かないで」

いつまでそうしていただろう。周囲が明るくなったことに気付いた彰文は、空を見上げた。いつの間にか雨はやみ、厚い雲が遠くへと流れていく。

彰文は、落ち着きを取り戻した律花と手を繋《つな》ぎ帰路《きろ》に就《つ》いた。

「りっちゃん、ほら見て。虹だよ」

「わあー。きれい！」

彰文が指差した空を見上げ、二人で笑い合った。律花が本当の妹だったらいいのにな、と思いながら。

正義の家に近付く頃にはもう虹は消えていて、夕日が二人の長い影を作っていた。

森を抜け、コンクリートの道を歩き始めてからすぐ、律花は疲れたとぐずり出し、彰文がおぶって歩くはめになった。一緒にアニメソングを歌っていたのだが、だんだん声が聞こえなくなっていくと思ったら、律花は背中で眠りに落ちていた。

「おおーい彰文くん、律花ちゃん見つけてきたか」

遠くから声をかけられ、彰文は顔を上げた。

正義の家の前には、いなくなった律花を心配して集まったのだろう、近所の顔見知りが数人集まっていた。

その輪の中から抜け、小走りで駆け寄ってくるのは、正義と律花の母親だ。ほっとしたような表情で彰文に笑いかける。

「彰文くん、律花を見つけてきてくれてありがとう。森にいたのね？」

「はい。多分迷子になって、泣いてました」

「あらやだ、足どうしたの？　怪我《けが》してるじゃない！」

そう言われて、転んで膝《ひざ》を擦《す》りむいていたことを思い出した。

「えっと、でも大丈夫です」

もう痛みはない。背中がほんのりと温かいからかもしれない。

正義の母親が、眠ってしまった律花を引き取り、そっと抱き上げた。

「本当にありがとうね、律花を探してきてくれて。その点、うちの正義ときたら」

視線を追って見たその先には、目を真っ赤に腫《は》らした彼が呆然《ぼうぜん》と突っ立っていた。

「り、り、律花ぁー！　お兄ちゃんが悪かった！　許してくれ」

その大声にびくりと肩を揺らした律花がぱっと目を覚ました。母親に降ろされた彼女を、今度は正義が抱きしめる。

「律花ぁー!!」

「くるしいよう。やめてよー」

呆気《あっけ》にとられてその様子を眺《なが》める彰文に、彼の母親がそっと耳打ちした。

「うふふ、ちょっと脅《おど》かしすぎちゃったみたい」

「え？」

「ついてきてたの知ってて置いていったって言うんだもの。だからね、お兄ちゃんにいじめられて森に置いてかれた子供は、森に棲《す》む魔女に捕まって、朝から晩まで働かせられて太らされて、最後に頭からバリバリ食べられちゃうって話をしたの。そしたらね、コレ」

正義の母親は、苦笑いで軽く肩を竦《すく》めた。

「え、ええっ！」

それは、兄妹が森の中で体験する、どこかで聞いたことのある話だったが、正義は気づいていないようだった。

「大丈夫だ、おれが一生守ってやるからな！　律花は、おれの大事な妹なんだから！」

皆に見守られながら、正義は大声でそう誓ったのだった。

――なぜ、こんな懐《なつ》かしい出来事を思い出したんだろう。

窓から見える雨上がりの空、大きな虹を見上げながら、彰文は口元を綻《ほころ》ばせた。

「……そうか、わかった」

席を外していた正義が戻り、そう言って電話を切った。誰からかかってきたのかはわからないが、通話を終えた彼はテーブルの上に広げた本や資料を片付け始めた。

ここは大学内のカフェテリア。今日中にレポートを終わらせる予定だったが、残念ながら中止になりそうだ。

「行くぞ、彰文」

「行くって、どこへ?」

笑いを噛《か》み締めながら問う。聞かなくてもわかる、彼とは付き合いが長いからだ。機嫌の悪そうな顔をしている。こういう時は絶対に……

「決まってんだろ、律花のところだ」

「りっちゃんのところ?」

ああ、また始まった。正義の悪い癖《くせ》が。

「……で、今回の情報の出どころは?」

「松本《まつもと》だ。律花がある男と何度も一緒にいるところを見たんだと。もちろんその男の素性もわかってる」

「マツモト?」

誰だろうと首を傾《かし》げると、正義は嘘《うそ》だろ、というような顔をして短く息を吐《は》いた。

「近所に住んでるだろ。律花が小二の時の初めての席替えで、隣の席になった松本だよ。律花のスカートを捲《めく》って泣かせて、俺がゲンコツ食らわせたアイツ」

「はあ……」

そんなことまで、覚えてはいないのだが。

正義の人脈の広さにはいつも驚かされる。

「とにかく、行くぞ」

「ああ、わかった」

でも、律花に悪い虫が付くのは、なんとなく嫌だった。だから正義のやることに反対はしない。

昔と変わらない笑顔で彰文くん、と呼びかけてくれる律花。その笑顔が、他の男に向けられることに抵抗感があった。

「さあ、行こうか」

彰文はテーブルの上のノートや資料を素早くまとめ、バッグにしまう。

彼女は兄妹のいない自分にとっての、可愛くて大事な妹なのだから。

この気持ちが恋心に変わるのは、まだ少し先の話――

恋愛小説「エタニティブックス」の人気作を漫画化!

Eternity COMICS

152センチ62キロの恋人

漫画 Remi《レミ》 原作 高倉碧依《タカクラアオイ》

ぽっちゃりＯＬの美奈《みな》は、体形のせいで女性扱いされたことがない。そんな美奈を初めて女の子扱いしてくれたのは、社内人気No.1のエリート部長・立花《たちばな》だった！　秘かに立花に恋心を抱いていたものの、自分に自信が持てず、最初から諦め気味の美奈。だけどなぜか、彼から猛アプローチされてベッドイン！　それから、立花に溺愛される日々が始まって――!?

B6判　定価：640円＋税　ISBN 978-4-434-23861-1

本書は、2015年6月当社より単行本として刊行されたものに書き下ろしを加えて文庫化したものです。

エタニティ文庫

マイ・フェア・ハニー

来栖《くるす》ゆき

2017年12月15日初版発行

文庫編集－福島紗那・塙綾子
発行者－梶本雄介
発行所－株式会社アルファポリス
〒150-6005 東京都渋谷区恵比寿4-20-3 恵比寿ガーデンプレイスタワー5階
TEL 03-6277-1601（営業） 03-6277-1602（編集）
URL http://www.alphapolis.co.jp/
発売元－株式会社星雲社
〒112-0005東京都文京区水道1-3-30
TEL 03-3868-3275
装丁イラスト－わか
装丁デザイン－ansyyqdesign
印刷－大日本印刷株式会社

価格はカバーに表示されてあります。
落丁乱丁の場合はアルファポリスまでご連絡ください。
送料は小社負担でお取り替えします。

ISBN978-4-434-23972-4 C0193